替天行盜
卷16
鬥古城
石章魚 著
第一輯完

這個世界人和人之間的關係
説穿了都是相互利用

目錄

CONTENTS

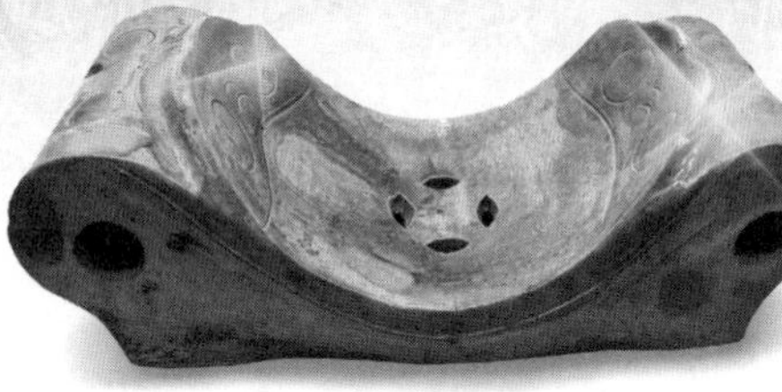

第一章

一連串的謎

蒼白山這座從康熙年間就被封禁的神山，
其中到底隱藏了多少的秘密？
九幽秘境究竟又帶給這周圍的人們怎樣的影響？
薩金花現在的狀況和秘境有沒有關係？
藤野家族盜取的黑日禁典裡面究竟記載了怎樣的內容？

張長弓鎮定果斷地提醒眾人道：「狼！兄弟們，打起十二分精神！」兄弟們當然不會包括宋昌金，可宋昌金也得打出十二分的精神，宋昌金端起一把獵槍站在羅獵和陸威霖之間，有道是背靠大樹好乘涼，羅獵的厲害他是清楚的，陸威霖又是一位神槍手，選擇他們之間站著準沒錯。

張長弓道：「不急！」

狼群從四面八方向營地湧來，進入張長弓所設陷阱的地方，十多隻狼已經中了圈套，有的掉入陷坑，有的被獸夾夾住，還有被削尖的樹枝橫穿過體。

張長弓道：「射！」

眾人同時開始射擊，湧向他們的第一排惡狼中彈後迅速倒了下去，宋昌金發現羅獵居然拿起了槍，記得過去他可是堅持不用槍的。

羅獵的槍法不次於陸威霖，他原本就擅長遠距離攻擊，張長弓也是一樣，神射手到神槍手的過度相當自然。

因為擔心引燃大面積的山火，他們儘量避免使用炸藥和火箭，張長弓從未見過如此規模的狼群，沒完沒了的冒著，如此下去，他們用不了太久就會面臨彈盡的局面。

阿諾建議道：「炸掉這幫畜生。」

張長弓搖了搖頭，一旦爆炸引起了山火，說不定會引燃整片山林，到時候火勢根本無法控制，這一帶的生靈都要遭到滅頂之災，張長弓看到了右前方岩石上一個近似於雕塑般的剪影，那是一頭血狼，他從直覺判斷那應當是這狼群的頭狼，想要化解狼群的圍攻，首先要將頭狼幹掉，張長弓道：「我去幹掉那頭血狼，你們為我掩護。」

除了羅獵和陸威霖知道張長弓現在的身體已經得到了脫胎換骨的變化，其餘三人並不清楚他現在的厲害，宋昌金道：「你不要命了！」

鐵娃道：「師父別去……」他的話還沒說完，張長弓就已經拔刀衝入狼群之中。

羅獵和陸威霖集中火力為張長弓掩護，張長弓揮刀殺入狼群，那群惡狼的眼中這是一塊送上門的肥肉，牠們一擁而上，張長弓斬落一顆狼頭之後向前方狂奔，一頭惡狼咬住他的左肩，張長弓反手抓住那惡狼的右腿，將之用力扯下，然後狠狠砸向迎面撲來的惡狼，兩頭惡狼頭顱相撞，頓時腦漿迸裂，橫死當場。

鐵娃看到師父被群狼圍攻，急得就要衝出去，卻被陸威霖一把摁住，大吼道：「給我老實待著，你師父沒事！」

張長弓雖然被群狼咬得鮮血淋漓，可並沒有停下腳步，被咬傷的地方也在以驚人的速度恢復。張長弓距離那血狼越來越近，站在岩石上方的血狼也留意到他的逼近，血狼前爪微屈，後腿用力一蹬，血紅色的身軀猶如一道紅色閃電，居高臨下撲向張長弓。

張長弓一巴掌將左側撲向自己的惡狼拍開，盯住那頭血狼，左手抓向血狼，血狼在空中居然還能靈活地轉動脖子，一口咬住張長弓的左臂，鋒利的牙齒穿透了張長弓的血肉，張長弓的右手在此時伸出，狠狠掐住了血狼的脖子，喀嚓一聲，硬生生將血狼的脖子折斷。

他一舉幹掉了血狼，看起來並沒有花費太大的力氣，可這樣的冒險行為普通人是不敢嘗試的。

血狼一死，狼群頓時陷入無主狀態，惡狼也無心戰鬥，一個個掉頭逃竄，羅獵幾人擊斃仍然堅持進攻的幾頭惡狼，張長弓拖著血狼的屍體從遠處回來。

鐵娃趕緊迎了上去：「師父，師父你沒事吧？」

張長弓搖了搖頭，將那血狼的屍體拖到篝火前扔下，然後掰開血狼的嘴巴，從中撬下一顆狼牙遞給了鐵娃，這玩意兒據說可以辟邪。

宋昌金看到張長弓如此神武的表現，佩服得五體投地，羅獵這幫同伴當真是一個比一個厲害，張長弓的武力簡直稱得上是變態，這廝莫不是金剛不壞之身？

陸威霖道：「不知道牠們因何要攻擊咱們？」

張長弓道：「這樣規模的狼群我也從來沒有見過，而且血狼居然和這種普通的灰狼組成隊伍，灰狼還聽從牠的調遣。」他就著鐵娃打來的熱水，洗去身上的血污，被血狼咬傷的左臂現在已經癒合，只是皮膚的顏色和周圍有些不同。

宋昌金將這一變化看在眼裡，心中暗忖，這張長弓一定有過奇遇，他剛才明明被咬中多次，如今身上居然找不到傷口，這麼短的時間能夠癒合，不是怪物是什麼？不過還好這怪物跟他們處在同一陣營。

鐵娃可沒想那麼多，只是認為師父厲害，幾乎憑藉一人之力就幹掉血狼退掉狼群。

羅獵此時站起身來，他感覺身後似乎有人在盯著自己，回身望去，看到遠方的山坡上，一個龐大的身影立在那裡，雖然距離遙遠，仍然可以從剪影判斷出那是騎熊人。

騎熊人並沒有靠近的打算，就這樣和羅獵遠遠對峙著。

宋昌金也發現了遠處的騎熊人，低聲道：「他是誰？好像一直都在跟蹤著咱們。」

羅獵道：「管他是誰，人不犯我我不犯人，如果他真敢來，就讓他有去無回。」

騎熊人終於還是沒敢進擊他們的營地，翌日一早，幾人醒來，看到營地周圍落滿了烏鴉，這些烏鴉都是橫七豎八的狼的屍體吸引而來，牠們悠閒的或漫步，或飛舞，昔日不敢靠近的凶獸，而今已經成了牠們美味的早餐。

羅獵已經洗漱完畢，換上了一身隸屬於徐北山部的軍服，其餘幾人也紛紛換上，他們今天就要進入飛鷹堡，堂堂正正，大搖大擺，以徐北山特使的身分。

宋昌金的一身軍服略顯寒磣，他雖然並不像年輕人那般追求外表，可總覺得羅獵在服裝分配方面有厚此薄彼的行為，終忍不住提出了意見：「為什麼我的軍服最舊？軍銜最低？」舊也就忍了，軍銜比鐵娃還低。

羅獵淡淡然道：「你是馬夫！」

說是馬夫，可他們的手頭卻沒有馬，宋昌金被羅獵定了身分，也只能接受現實，幾人於當日下午抵達了飛鷹堡，一路之上，他們都留意騎熊人的蹤跡，不過那騎熊人或許已經走遠，從營地到飛鷹堡的這一段並未看到騎熊人再度現身。

得知南滿軍閥徐北山派來了特使，飛鷹堡的堡主李長青率領二十名部下親自出門相迎，飛鷹堡的規模和凌天堡無法相提並論，和前者的鬼斧神工堅不可摧相比，飛鷹堡勝在天然，飛鷹堡位於天然的一座峽谷內，通往峽谷只有一條道路。

這條路最狹窄的地方僅僅可以容納一輛汽車通過，這也是飛鷹堡人多用馬匹的原因。

從這條唯一的進山道路向內行進，兩側都是高崖，高崖之上佈滿天然的洞穴，幾乎每個洞穴內都有土匪，如果有外地攻入，單單是這兩側的埋伏就已經難以突破，這條道路也被稱之為葫蘆口。

從空中俯瞰，整個峽谷內部也像是一個巨大的葫蘆，進入葫蘆口之後豁然開朗，這約有一平方公里的區域是軍事區，主要的工事防禦都依山而建，再往後又開始變得狹窄，經過後方三裡多的山路，才抵達後方的居住區，也是飛鷹堡的總巢所在。

整個飛鷹堡充分利用了地理位置的優勢，再加上兩旁崖壁之上山洞眾多，有九十九連環洞的說法，風傳這九十九個山洞彼此相通宛如迷宮。

李長青讓人給羅獵他們準備了馬匹，李長青和羅獵並轡而行，一邊走一邊給他介紹著飛鷹堡的風景。

李長青之所以對這位年輕軍官如此禮遇，是因為徐北山的緣故，這些年來徐北山曾經不止一次派人前來收編，可李長青始終採取拖延的對策，想要收編他的人不止一個，北滿軍閥張同武也是如此。

蒼白山諸多土匪勢力之中，最強大的是狼牙寨的人馬，能與之分庭抗禮的是連雲寨，正因為前兩者的聲勢太大，乃至於飛鷹堡顯得黯然失色，可這並不代表著飛鷹堡的實力不濟，事實上飛鷹堡人馬之多甚至超過了連雲寨，李長青的心底深處並不認為自己的實力要弱於前面兩者，尤其是在狼牙寨大當家蕭天行死後，而連雲寨又因為火山噴發被毀，不得不選擇全體退出了蒼白山。

兩大勢力的變故讓飛鷹堡被推向人前，也讓滿洲軍閥對這支韜光隱晦的土匪隊伍產生了前所未有的興趣，無論是張同武還是徐北山都想拉攏這支隊伍。

徐北山已在私下裡收編了狼牙寨，如果他再收編了飛鷹堡，那麼就等於徐北山控制了整個蒼白山，在滿洲兩大勢力的地盤爭奪中占盡先機且居於不敗之地。

張同武自然不能坐實這種事情的發生，雙方為了爭取李長青的歸附都開出了極其優厚的條件。

羅獵就是在這種狀況下，打著收編的旗號來到飛鷹堡。

李長青今年三十九歲，不過早生華髮，頭髮斑白，看上去要比實際的年齡大得多，他為人低調，在蒼白山各支土匪隊伍中平時是露面最少的一個。據說此人在落草為寇之前還曾經當過教書先生，至於事情的真假就無從考證了。

羅獵道：「這飛鷹堡的景致還真是美麗。」前方就是一片冰瀑群，傍晚的陽光照射在冰瀑群上，溢彩流光瑰麗非常。

李長青微笑道：「飛鷹堡最美是在秋季，五彩繽紛美不勝收。」

羅獵道：「有機會一定要親自來看看。」

他們說話時，其餘幾人都在留意觀察飛鷹堡的內部環境，誰也不知道以後的事態會往何處去，所以首先要熟悉這周邊的環境並將之牢記在心，這方面是張長弓的強項，張長弓雖然是土生土長的本地人，幾乎踏遍了蒼白山的每個角落，但是這個地方他卻從未進入過。飛鷹堡和凌天堡、連雲寨都是土匪的巢穴，普通山民都是避之不及，如果貿然進入其中，很有可能會被當成奸細殺掉。

阿諾觀察的角度和其他人不同，在進入總巢那面積巨大山谷內時，他發現其中竟有一條筆直的道路，道路上可以看出輪胎碾過的痕跡，阿諾心中暗奇，從他們進入飛鷹堡都沒有看到任何的車輛，為何會有輪胎碾壓的痕跡？難道是馬車？

阿諾估算了一下距離，這條跑道的長度應該足夠飛機起飛了。

鐵娃恨極了飛鷹堡，在他的眼中飛鷹堡就是他不共戴天的仇人，不過來此之前師父特地交代過，讓他要保持冷靜，千萬不要讓人看出破綻，鐵娃對師父的話言聽計從，居然很好地控制住了自身的情緒。

每個人眼中的世界都不同，飛鷹堡也是一樣。

飛鷹堡和凌天堡的感覺完全不同，凌天堡的險在於難以進入，而飛鷹堡卻是如果進入就很難離開，整個賊巢由兩個天坑組成，更像是一座天然的牢籠。

在他們進入飛鷹堡內部廣場的時候，看到了一座斷頭台，那裡是用來公開處決俘虜的地方，雖然每次行刑之後都會用水清洗，但是經年日久仍然留下了不少殷紅色的陳舊血跡。

李長青安排羅獵幾人先行入住，靠山吃山，他們居住的地方也是山洞，不過多半都是人工開鑿而成，他們被統一安排在三層，沿著崖壁上的曲折石階一直來到三層，又沿著狹窄的棧道進入他們所住的山洞。

羅獵所在的這間山洞頗為寬敞，人工開鑿，洞頂為拱形，像極了西北的窯洞，只不過後者是用黃土製成。洞穴內佈置雖然並不豪華，可勝在舒服自然，據說洞裡從傢俱到被褥都是飛鷹堡內部製作，稱得上已經初步自給自足。

就在飛鷹堡內還有一處溫泉，常年水溫都在攝氏五十度，當然這溫泉就算對飛鷹堡內部也不是所有人都開放，除非貴客到來，羅獵幾人身為徐北山的特使自然得到了最隆重的接待，溫泉沐浴也是其中之一。

羅獵舒舒服服泡了個溫泉，換了身乾淨衣服回到住處，已經有人過來邀請他前往風雪廳參加晚宴。

說是晚宴，並不是邀請所有人，其實就是李長青特地安排的和羅獵的一場私人宴會，其餘人也受到隆重接待，不過和羅獵並不在一起。

羅獵跟隨那小嘍囉來到風雪廳，風雪廳並非山洞，而是一座建在高處平台的石亭，坐在亭內，可以將谷內的景色盡收眼底。

石亭兩側各自掛著一條巨大宛如玉龍般的冰瀑，等到春暖花開，這冰瀑就會融化從上方的崖頂飛流直下。

李長青作為主人先於羅獵來到這裡等待，石亭的周圍設有鐵筒，裡面燃燒著木材，石亭雖然處於室外，可是坐在其中即便是數九寒天也不會感到寒冷。

石桌上已經擺好了酒菜，四樣涼菜，兩葷兩素，稱不上精美，但份量極大。

李長青換上一身青色棉布長袍，微笑道：「張專員，溫泉如何？」

羅獵仍然用著張富貴的名字，所以李長青才會這樣稱呼他。羅獵笑道：「好極了。」

李長青邀請羅獵入座，不忘介紹：「我曾經請過一個日本溫泉學者來此，通過水質鑒定，他說我這裡的溫泉如果放在日本也是要進入前十的，每日一泡，青春不老。」

兩人都笑了起來，羅獵望著李長青的滿頭華髮，心中暗忖，若是這溫泉當真有這樣的功效，你為何早生華髮？

李長青似乎猜到了羅獵此刻的想法，笑瞇瞇道：「我這頭髮從二十歲就這個樣子，如果早一點來到飛鷹堡，早泡幾年溫泉說不定會更顯年輕一些。」

羅獵笑道：「李大掌櫃氣宇軒昂精神煥發。」

李長青道：「當別人誇你氣質的時候，就證明你長相不行，當別人誇你精神的時候就證明你老了。」

羅獵哈哈大笑道：「豈敢！豈敢！」這李長青是個頭腦清醒的人物。

李長青端起面前酒杯向羅獵道：「請！」

羅獵舉杯和李長青碰了碰，兩人一飲而盡，喝完之後羅獵放下酒杯，一旁馬上有人為他滿上。

李長青白皙的臉上已經有了些許的紅意，歉然道：「張專員，敝人酒量欠佳，生平喝酒從未超過一杯。」

羅獵微笑道：「飲酒隨意，只要心意到了，即便是喝茶也是一樣。」

李長青釋然道：「張專員的胸懷讓人佩服。」

這邊熱騰騰的紅燒麅子肉已經上了桌，李長青招呼羅獵吃菜，讓手下人給自己倒了杯茶，抿了口茶輕聲道：「張專員今次前來，不知所為何事？」

羅獵道：「還是此前的事情，大將軍讓我給李大掌櫃帶來了一封密函。」他將徐北山委託自己親手交給李長青的那封信取了出來，信密封得很好，不過這難不住羅獵，他們仍然事先看過了其中的內容，徐北山開出的條件極其優厚，優厚到讓人無法拒絕，可羅獵卻明白條件歸條件，一旦達成目的，任何事都存在變化的可能。尤其是像徐北山這種草根起家的梟雄。

徐北山現在表露的目的就是要保護他的寶貝兒子家樂，羅獵前來蒼白山只是按照他的計畫在進行，至於下一步應當怎麼做，徐北山並未給予明示，而他和徐北山之間的溝通還需要宋昌金傳達，讓羅獵頭疼的是，宋昌金跟他一樣也在等，因為徐北山還未給出下一步行動的說明。

李長青當著羅獵的面打開了這封信，他看得很仔細，看完之後又將那封信收起，並沒有急於給出答覆，而羅獵也沒有急於發問，在自己之前，徐北山曾經不止一次派人過來收編，可最後都被李長青婉言謝絕，羅獵並不認為李長青會突然改變主意。

李長青道：「這兩天張專員可以四處轉轉，徐大將軍這封信我會仔細看。」

羅獵道：「公務繁忙，後天就得啟程回去。」

李長青微笑道：「我後天會給張專員一個明確的答覆。」他端起茶盞，以茶代酒，兩人還未碰杯，就見一人匆匆走了過來，附在李長青耳邊低聲說了句什麼，李長青臉色驟然一變，他慌忙起身，向羅獵歉然道：「張專員，實在不好意思，發生了點急事，我必須親自去處理。」

羅獵道：「李大掌櫃請便。」

李長青讓二當家陳明喜過來替他陪客，陳明喜非常殷勤，不過羅獵跟他並沒有太多的共同語言，草草填飽了肚子，告辭返回自己的住處。陳明喜本想相送，羅獵謝絕了他的好意，只說自己想一個人走回去，順便散散步。

羅獵對回去的道路記得非常清楚，剛才李長青突然離去的時候，羅獵也聽到了他們耳語的內容，應當是夫人發病了，關於李長青老婆的資料羅獵掌握很少。

羅獵一邊走，一邊觀察著周圍的環境，因為擔心他迷路，後方還有一名土匪遠遠跟著，其實就是監視。

羅獵暗自好笑，這陳明喜做事也不夠大氣，走到中途，卻看到一個灰色的身影慌慌張張迎面跑來，乃是一個高瘦的女子，她披頭散髮，赤著雙腳，臉上寫滿惶恐的神情，後面有一群人都在追她。

那女子看到羅獵轉身就要翻越棧道，這裡距離谷底還有近二十米的高度，如果翻出棧道掉落下去，只怕要活活摔死。

羅獵一個箭步衝了上去，搶在那女子翻棧道之前將她抓住，那女子宛如瘋魔般尖叫起來，羅獵初時還沒覺得怎樣，可那女子的叫聲實在太過刺耳，宛如鋼針直刺他的耳膜，在後方跟蹤羅獵的那名土匪因承受不住這尖銳叫聲捂住了雙耳。

羅獵應變奇快，一手抱住那女子一手將她的嘴捂住，避免她繼續發出尖叫。

那女子雖然瘋狂掙扎，可是在羅獵的面前她的力量幾乎可以忽略不計，此時後方追逐女子的那群人都趕了過來，有人叫道：「放開夫人！」

羅獵微微一怔，他怎麼都想不到這瘋瘋癲癲差點跳崖尋死的女子竟然是李長青的夫人。

李長青從人群中走了出來，大聲道：「不要誤會，這是張專員。」他來到羅獵面前，投過感激的目光，羅獵將那女子交給李長青，那女子張嘴又想大叫，李長青伸出一物在她面前晃了晃，那女子頓時軟綿綿倒了下去，李長青展臂將她抱住。

羅獵看得真切，李長青剛剛晃動的東西乃是一塊懷錶，心中暗忖，這李長青居然懂得催眠。

李長青將妻子橫抱起來，向羅獵點了點頭道：「多謝張專員。」

羅獵向一旁側了側身，給他讓開一條道路。

回到自己的住處，那女子瘋狂尖叫的模樣始終縈繞在腦中揮抹不去，羅獵開始明白為何李長青的頭髮會白那麼多，為何他的眉宇之間總是籠罩著一層憂鬱，看來各家都有本難念的經。

羅獵並不關心李長青的家事，真正讓他感到奇怪的是李長青妻子的尖叫聲，那尖叫聲的分貝奇高，如不是自己及時掩住她的嘴，還不知她會發出怎樣驚人的能量。羅獵已經能夠斷定，她的聲音擁有殺傷力，李長青的妻子絕不是普通人。

蒼白山是一座神秘的山，他最早就探秘過這裡的九幽秘境，或許九幽秘境的存在影響到的不僅僅是女真族的子孫。

張長弓幾人回來得很晚，飛鷹堡對他們的招待很熱情，阿諾喝了個大醉酩酊，鐵娃滴酒未沾，他才不會和仇人喝酒。

當晚十一點，宋昌金帶著一身的酒氣來到羅獵的住處，樂呵呵道：「我看到你沒關燈，這才進來。」

羅獵道：「喝了這麼久？」

宋昌金道：「他們輪番勸酒，想走也走不了，不過還好，張長弓海量，那幫土匪誰也喝不過他。」眼睛一轉道：「你怎麼回來那麼早？」

羅獵道：「李長青不喝酒，我一個人喝酒多沒勁。」

宋昌金嘿嘿一笑，壓低聲音道：「我聽說，明天張同武那邊會有人過來。」

羅獵冷冷望著宋昌金，這老狐狸瞞著自己的事很多，聽說？誰會跟他說。

宋昌金道：「幹嘛用這種眼神看著我？」

羅獵道：「習慣了。」

宋昌金訕訕一笑，羅獵這聲習慣了肯定是說習慣自己撒謊。他又道：「這兩天陸續還會有人來。」

羅獵懶洋洋打了個哈欠，他居然感到有些睏意了，可能是接連幾天失眠有些疲憊，又或是今天的溫泉起到了效果，也可能是宋昌金的這番話實在太過乏味。

宋昌金道：「你知不知道李長青的老婆薩金花生病了？」

羅獵點了點頭，這下反倒輪到宋昌金奇怪了：「你怎麼知道？」

羅獵道：「剛才我回來的路上遇到了一個披頭散髮赤腳奔跑的瘋女人。」

宋昌金忙不迭地點頭道：「不錯，她就是薩金花，她得了失心瘋，已經有兩年了。」

羅獵道：「此前也沒聽你說。」

宋昌金笑得越發詭秘：「有些事不能過早說出來，你若是早就知道，這次表現得就不會那麼自然。」無論在任何狀況下，他都能夠找到理由。

羅獵道：「失心瘋？李長青有錢有勢，為何不找個好大夫給她治治？」

宋昌金道：「找過，可惜沒人有這個本事。」

羅獵道：「這跟咱們這次過來有什麼關係？」

宋昌金道：「你知不知道她因何發瘋？」

羅獵搖了搖頭，他對薩金花的資料知之甚少，更不可能知道她發瘋的理由。

宋昌金轉身拉開房門，向外面看了看，而後又關上，重新回到羅獵的身邊，他的謹慎讓羅獵有些好笑，其實沒這個必要，以羅獵現在的能力，只要有人靠近洞穴或在附近偷聽，他都會察覺到。

宋昌金道：「他們夫婦近二十年都沒有生下一兒半女，可兩人卻始終恩愛如初，薩金花提出讓李長青納妾，好給他們老李家續上香火，也被李長青拒絕，本來兩人準備這樣相守一生，誰曾想三年前薩金花居然懷孕了。」

羅獵對宋昌金的故事開始有了些興趣。

宋昌金繼續道：「兩口子雖然算不上老來得子也差不許多，自然欣喜萬分，李長青為了照顧老婆甚至將手上的事情都交給了手下，一心一意地陪著老婆生產，他老婆懷胎十月，生產倒也順利，可生下的孩子卻是一個怪胎。」

羅獵道：「怪胎？」

宋昌金道：「具體什麼樣子沒人能夠見到，總之為她接生的人，和當時在場的人後來陸續死去，就連薩金花也瘋了，你說這得受到多大的刺激。」

羅獵道：「那孩子是死還是活？」

「沒人知道，八成是死了。」

羅獵道：「一個母親死了孩子，精神錯亂倒也正常。」

宋昌金道：「她精神錯亂正常，可是李長青為何要將當時在場的人都給殺了？還不是為了滅口？」

羅獵道：「既然滅了口，你又是從何處得知？」

宋昌金道：「天下沒有不透風的牆，肯定是李長青滅口不徹底，有漏網之魚，不然我怎麼知道？」

羅獵沉默了下去，李長青的家事雖然詭異，可並不足以他們遠道而來，他們的真正目的是要對付藤野家族，難道藤野家族的人也會來此？羅獵在腦海中構築出幾種可能。

一個能夠發出那種尖叫的女人絕不是尋常人。

宋昌金道：「大侄子，你在想什麼？」

羅獵道：「我在想，一個馬夫不該在這種時間還留在我的房間裡。」

晨光正好，羅獵這一覺睡得非常酣暢，若非陸威霖過來敲門，羅獵肯定還會多睡一會兒，對他來說如此高品質的睡眠實在是太奢侈了。

陸威霖並不是有心要打擾羅獵的睡眠，而是因為飛鷹堡又來了人，張同武的人，還有凌天堡的人，從凌天堡帶隊過來的人是一位老相識，他們的老相識，他們眼中羅獵的老相好蘭喜妹。

陸威霖擔心他們的身分有可能會暴露，羅獵卻並沒有這樣的擔心，狼牙寨私底下已經接受了徐北山的收編，事實上已經成為徐北山的屬下，蘭喜妹雖然另有打算，可這次她代表狼牙寨而來，表面上應當不會和徐北山的利益相衝突，而且很大可能是為了配合他們的行動而來。

陸威霖聽羅獵說完他的看法，也表示同意，點了點頭道：「如此說來她不會拆穿咱們。」

羅獵笑了起來：「大家都清楚彼此的底細，真撕破了臉對誰都沒好處。」

「那倒是……」陸威霖頓了一下又道：「你不去見她？」

羅獵道：「都在飛鷹堡，早晚都有相見的機會。」他坐起身來，決定先去泡個溫泉，溫泉水還真是不錯，李長青並沒有誇張。

最早見到蘭喜妹的是鐵娃，兩人是在小廣場上相遇的，鐵娃看到蘭喜妹第一反應是跟她打招呼，畢竟蘭喜妹送了他一把軍刀，可話到唇邊又意識到周圍的環境，又趕緊裝出不認識的樣子，他不想給同伴增添麻煩，師父曾經不止一次叮囑他，要小心提防蘭喜妹，千萬不要被糖衣炮彈打倒。

蘭喜妹叫住了他：「站住！」

周圍沒有其他人，鐵娃只當沒聽到低頭向前繼續走，蘭喜妹道：「讓你站住聽到沒有？」

鐵娃裝出不認識的樣子道：「這位小姐有何貴幹？」

蘭喜妹道：「你叔呢？」

鐵娃當然知道她問的是羅獵，想了想道：「可能還在睡覺呢。」

蘭喜妹嫣然一笑道：「他住在哪兒？我去找他！」

蘭喜妹來找羅獵的時候，羅獵還在舒舒服服泡著溫泉，聽到蘭喜妹的聲音嚇了一跳，羅獵頓時想起狼牙寨和徐北山的關係，蘭喜妹就算認識自己也沒什麼特別，知道徐北山派來了特使，如果不主動前來拜訪反倒顯得不正常了。

只是現在這種時候有些尷尬，羅獵道：「等等，我還沒穿衣服呢。」

蘭喜妹卻掀開湯室的棉簾走了進去，羅獵趕緊拽了條毛巾圍在身上。

蘭喜妹站在水池邊，居高臨下地望著羅獵，羅獵就像是掉進陷阱的動物，有些尷尬地抬頭看著蘭喜妹，吞了口唾沫，艱難說道：「你不覺得尷尬？」

蘭喜妹道：「有什麼尷尬？又不是我光著身子？」

羅獵道：「真是服了你。」

蘭喜妹道：「張專員，咱們過去可不止見過一次啊！」

羅獵聽她這麼說，此時方才留意到外面的動靜，內心中暗自慚愧，蘭喜妹的突然出現擾亂了他的心境，居然連外面有人偷聽都忽略了。羅獵道：「八當家還沒忘了我？」

蘭喜妹呸了一聲道：「沒良心的東西，你忘了我才是！」

外面果然有一個女子在偷聽，不過她很快就裝出若無其事的樣子從湯室外面經過，快步向山上走去。

那女子一直來到了石亭，李長青坐在那裡，一臉愁苦地俯瞰著谷中，眼神迷惘，心思根本沒有放在這大好的晨光中，那女子附在他耳邊小聲說了幾句。李長青點了點頭道：「他們居然是舊相識。」

那女子道：「舊相好才對。」

李長青道：「能讓狼牙寨八當家蘭喜妹看中的人，絕不是什麼尋常人物。」

那女子道：「大哥，昨晚大嫂尖叫的時候，有幾位兄弟的鼓膜都被刺穿流血，可他卻沒有事情。」

李長青長歎了一口氣道：「來者不善，善者不來。」

那女子又道：「對了，他們隊伍之中有一個人倒是咱們本地的。」

李長青道：「什麼人？」

「那個叫張長弓的，他過去在蒼白山一帶打獵，有兄弟見過他。」

李長青皺了皺眉頭，一個打獵的？正逢亂世，誰的日子都不太平，尤其是這蒼白山，多股勢力橫行，燒殺搶掠，山裡的不少百姓不得不選擇背井離鄉另覓活路，這其中也有不少人從了軍，像張長弓這種並不少見。

李長青真正感興趣的是那個叫張富貴的專員，如此年輕就能得到徐北山的信任，證明此人擁有相當的能力，從他的表現來看也的確如此。

李長青道：「幫我把老魯請來。」

老魯是李長青麾下的猛將，他在飛鷹堡只坐第四把交椅，可他的威信卻僅次於李長青，老魯是中俄混血，卻只是從母親那裡遺傳到了黑色的頭髮，無論體格還是外貌都是一個純正的俄國人。

老魯的全名叫尼古拉斯魯諾霍夫，甚至連飛鷹堡的兄弟也少有人叫得全這個拗口的名字。反正從上到下都叫他老魯，老魯為人和善，即便是別人稱呼他為四掌櫃，他也是憨厚一笑強調最好叫他老魯，一來二去，幾乎沒人記得他的本名。

李長青是少數能夠記清老魯全名的一個，他對老魯有救命之恩，可他並不以恩人自居，因為他只救了老魯一次，而老魯已經救了他三次，從這一點上來說，他欠老魯的。

老魯的臉上始終帶著笑，尤其是在李長青面前，他的笑容讓人感到特別真誠，絕無任何的虛偽摻假成分：「大哥，您找我？」

李長青點了點頭，指了指對面的椅子，老魯並沒有馬上坐下，而是搬起椅子放在了李長青的身邊，他喜歡靠李長青更近一些。

李長青看了鷹鼻深目的老魯一眼，然後目光投向面前的火盆，低聲道：「你嫂子的事情應該知道了吧？」

老魯跟著點了點頭，他向前探了探身子，將一雙蒲扇大小的手放在火盆上，溫暖從掌心傳到了全身，老魯舒舒服服地瞇上了一雙灰綠色的眼睛，平時的老魯就像是一隻貓，可一旦進入戰鬥狀態他就會迅速變成一頭猛虎。

老魯道：「大哥對得起嫂子了。」

李長青搖了搖頭：「我欠她的，這輩子都還不完。」

老魯道：「這兩年咱們折了不少的兄弟。」

李長青沉默了下去，他明白老魯的意思，死去的這些兄弟，有的是戰死，還有不少是莫名其妙地死在了飛鷹堡。這其中的秘密不足與外人道，可李長青瞞不過老魯。

老魯也沒有在這個話題上深入探討下去，搓了搓手道：「還記得滿堂的死嗎？」他說的是三當家朱滿堂，當年朱滿堂奉命前往凌天堡去給狼牙寨的大當家蕭天行去拜壽，結果死在了凌天堡，凌天堡對此的解釋就是被人暗殺，總之和他們無關。

李長青道：「蕭天行那個人野心很大，當年想借著做壽的機會將我和顏天心一網打盡，只可惜……」他停頓了一下方道：「螳螂捕蟬黃雀在後。」其實李長青也是在事後方才看清整件事的玄機所在。

蕭天行的死絕不是看上去那麼簡單，再深的陰謀，再完美的策劃在時間面前也會慢慢暴露，想要找出蕭天行的死因，首先要找到他死後最大的得益者。從此後狼牙寨的發展來看，得益者無疑就是琉璃狼鄭千川，而在蕭天行死後，鄭千川不但取得了領導權，而且迅速得到了手下人的認同，並帶著整個狼牙寨接受了徐北山的收編。

作為整件事的旁觀者，李長青看得格外清楚明白，他本來還以為顏天心的連雲寨和鄭千川的狼牙寨必有一爭，自己樂得作壁上觀，可顏天心明顯欠缺運氣，一場火山爆發摧毀了連雲寨的數百年基業，顏天心不得不背井離鄉率領部落向西轉移，此後已經沒了她的消息。

現在的蒼白山除了凌天堡就是飛鷹堡，前者已經倒向了徐北山，正因為如此飛鷹堡的地位也變得更加重要，張同武和徐北山兩大軍閥為了爭奪滿洲地盤爭先拉攏飛鷹堡，李長青的倒向甚至決定了蒼白山的最終歸屬。

老魯道：「大哥怎麼想？」

李長青長歎了一口氣道：「徐北山的背後是日本人。」

老魯知道李長青最恨的就是日本人，他何嘗不是一樣，日俄戰爭的時候，他的父親，他的兄弟全都戰死，老魯甚至想過能讓他離開李長青的唯一理由就是李長青投靠了日本人，然而這種可能性幾乎不存在。

李長青是個聰明人，他沒有急於倒向任何一方，小心地在兩大軍閥之間尋找平衡點，這些年來也一直過得逍遙自在，可隨著兩大軍閥之間的不斷碰撞，蒼白山的各大勢力也紛紛選擇陣營，一場變局無可阻擋。

老魯也詢問過李長青未來的抉擇，可李長青在這一點上始終諱莫如深。

老魯道：「這個張富貴和淩天堡根本就是一路貨色。」

李長青道：「徐北山的誠意要比張同武更大，可惜……」

老魯道：「大哥不想背負罵名？」

李長青的笑容顯得有些苦澀：「罵名？」像他們這種人背負罵名註定無法改變了。李長青端起已經冷卻的茶水，抿了口茶，而後方才道：「我想離開了。」

老魯怔怔望著李長青，他還從未見李長青如此頹廢過。

李長青道：「我想把這副擔子交給你。」

老魯搖了搖頭道：「大哥，我沒那個本事，咱們飛鷹堡除了你，誰都沒有那個本事。」

李長青道：「我心力憔悴，你大嫂只怕……」

老魯道：「我就不信，這世上沒有能夠治好大嫂的醫生，大哥，實在不行，去冰城找個俄國醫生看看？」

李長青正準備說話，又有人過來稟報，卻是張同武那邊派人過來了，李長青不由得苦笑道：「他們是約好的嗎？居然一起來了。」

穿上衣服和蘭喜妹說話的感覺自然了許多，羅獵雙手扶著憑欄，眺望著東方正在從崖頂一點點冒升出來的太陽，陽光已經變得刺眼。

蘭喜妹背靠著憑欄，雙眸望著羅獵，似乎羅獵就是她心中的太陽。她輕輕噯了一聲，試圖引起羅獵的注意，可羅獵仍然沒有看她。蘭喜妹撅起櫻唇道：「這裡的景色比我還要好看？」

羅獵道：「昨天來的時候那邊的山坡上還沒有那麼多的崗哨，今天好像多出了許多人。」

蘭喜妹切了一聲道：「有什麼了不起？借他李長青一個膽子，他也不敢對咱們怎麼樣？」

羅獵終於肯將目光轉移到蘭喜妹的臉上：「你這次過來是為了什麼？」

蘭喜妹嫵媚一笑，風情萬種：「當然是來看你。」

羅獵繼續問道：「代表狼牙寨還是代表暴龍社？」

蘭喜妹咯咯笑了起來：「我就是我，誰也不代表。」轉過身去，正看到谷底下方道路上的一群人，秀眉微顰道：「張同武的人。」

羅獵其實早就看到了那群人，只是不知道對方來歷，那群人包裹得非常嚴實，不過從他們軍服制式上仍能夠看出他們來自於北滿軍閥張同武的麾下。

蘭喜妹道：「都是狠角色，你有麻煩了。」

羅獵馬上就明白了她的意思，自己是代表南滿軍閥徐北山而來，而這群人卻是代表了張同武的利益，羅獵逐一流覽那些人的模樣，確信這其中並無自己認識的人在內，他雖然和張同武從未見過面，可和張同武的兒子張凌峰卻有過不少的交集，羅獵擔心這其中會有人見過自己，他初步能夠斷定，這群人中並沒有和張凌峰同行黃浦的，換而言之，就是識破自己真正身分的人應當並不存在。

蘭喜妹道：「那個白臉的傢伙叫崔世春，是張同武的私人醫生。」

羅獵點了點頭，聯想到昨晚發病的薩金花，崔世春的到來或許和這件事有關，在這一點上徐北山考慮得顯然不如張同武周到，如果張同武派來的人當真可以治好薩金花，李長青或許會因此感恩戴德，甚至會投靠張同武的陣營。

羅獵至今都沒有搞清徐北山讓他們前來飛鷹堡的真正用意，順利抵達飛鷹堡，只是完成了第一步，第二步應當如何去做還需等待指示，傳達命令的人應當是宋昌金，這位三叔做事深藏不露，羅獵不敢對他報以太多的信任，雖然他們曾經有過在甘邊出生入死的經歷，可時過境遷，以宋昌金唯利是圖的性情，出賣自己也有可能。

宋昌金此時背著雙手，邁著八字步，樂呵呵向兩人走了過來，蘭喜妹朝他點了點頭。

宋昌金卻裝出不認識她的樣子，徑直來到羅獵面前：「借步話說。」

蘭喜妹惡狠狠盯著宋昌金，在她看來宋昌金的舉動對自己有些大不敬，現在不知又有什麼秘密要避開自己。

羅獵道：「好！」兩人轉身走了，誰也沒跟蘭喜妹打招呼。

蘭喜妹歎了口氣自言自語道：「你越是如此，就證明你心裡有我。」

宋昌金和羅獵回到他的房間內，掩上房門，羅獵不耐煩道：「有話快說，別搞得神神秘秘的。」

宋昌金道：「隔牆有耳，在人家的地盤上還是小心為妙。」

羅獵道：「您老這是又打算坑我？」

宋昌金正色道：「到了這種時候你居然還不信我，我若是當真想那麼做，何須親自跟著你過來？」

羅獵笑道：「過來了倒是不錯，可主動還是被迫卻不好說。」

宋昌金道：「我給你那東西，都不夠誠意？」他指的是那份三泉圖。

羅獵道：「是真是假也不知道。」

宋昌金吥了一聲，又謹慎地去門口聽了聽動靜，然後才回到羅獵身邊，將一個小瓷瓶遞給他，壓低聲音道：「這東西能治好那女人！」

羅獵微微一怔，不過他很快就明白宋昌金所說的那女人是誰，卻故意揣著明白裝糊塗道：「誰？」

宋昌金只能附在他耳邊小聲道：「李長青的老婆。」

羅獵接過那小瓷瓶，打量了一下，宋昌金催促他儘快收起。

羅獵道：「這藥是誰給你的？」

宋昌金笑眯眯道：「你這麼聰明的人又何必刨根問底？」

羅獵道：「焉知不是毒藥？」

宋昌金道：「我跟你在一條船上，害你豈不是等於連我自己都害了？」

羅獵點了點頭，然後道：「毒藥！必然是毒藥！」

宋昌金道：「你為何如此斷定？」

羅獵道：「心病還須心藥醫，她是心病，可不是真的有病，這藥就算能夠讓她清醒一時，卻無法保證她清醒一世，根據她的遭遇來看，渾渾噩噩，瘋瘋癲癲未嘗不是一種幸福。」羅獵雖然對薩金花瞭解不多，可是他也能夠斷定宋昌金提供的瓷瓶中絕非藥到病除的靈丹。

宋昌金道：「張同武派來了崔世春，這個人雖然醫術不錯，可人品不敢恭維，而且他還有一個不為人知的秘密。」

羅獵道：「什麼秘密？」

宋昌金壓低聲音道：「他擅長攝魂術。」

羅獵從他的話中意識到了某種隱晦的提醒，淡淡笑道：「這瓷瓶裡面到底是什麼？」

宋昌金道：「真是解藥。」

羅獵道：「如此說來她是中毒？」

因為夫人的事情，李長青心情不好，他甚至都沒有準備第一時間去接見張同武的人，可聽說張同武派了崔世春過來，心中不由得又萌生出一些希望，他當然明白張同武的用意。

這些年為了妻子的病，李長青遍請名醫，可直到現在都毫無起色，李長青認為自己早已喪失了希望，可每次聽到某人醫術卓絕仍然會不惜代價將之請來，這其中多半都是沽名釣譽的水貨，而這種人又無一例外地遭到了他的懲戒。

李長青的希望源於他對妻子的深愛，若無薩金花就沒有他李長青的今天，兩口子相逢於微時，同甘苦共患難，如果不是因為孩子，他們的生活應該比現在幸福得多。李長青時常感慨，或許他壓根就不該要那個孩子，人生又哪有真正的圓滿，像他這種刀頭舐血，手下冤魂無數的江湖人就更不要奢求了。現在的李長青只希望妻子能夠恢復理智，哪怕是捨棄他目前擁有的一切他都不會在乎。

李長青破例請崔世春過來，其實這也是張同武一方的主動要求，他們首先提出要為薩金花看病。

崔世春作為張同武的專職醫生也的確是有些本事的，他出身於中醫世家，後來又專程前往俄國學習西醫，被推崇為國內少數能夠將中西醫完美融合者之一。

崔世春和李長青正在探討病情的時候，羅獵前來求見，李長青聽到這位張專員再度前來，心中產生的第一個念頭就是對方應當是擔心自己會倒向張同武一方，正在猶豫是不是見他時，手下附在他耳邊道：「張專員說，他也會醫病。」

李長青微微一怔，旋即就想到昨晚張富貴曾經幫忙救回妻子的事情，看來自己老婆的病已經廣為人知，徐北山和張同武兩大軍閥都想從這件事入手，從而換得自己的投誠，李長青沉吟了好一會兒，終於還是點了點頭道：「請他進來。」

宋昌金老老實實坐在床上，對面坐著張長弓和陸威霖，兩人雖然在喝茶，可偶爾撇來的目光都透著狠辣，宋昌金苦笑道：「都是自己人，我怎麼感覺對我的態度如此不善？」

陸威霖道：「張專員說了，如果他遇到了麻煩，第一個把你幹掉。」

宋昌金歎了口氣道：「本是同根生相煎何太急，我還是他親叔叔呢。」

張長弓道：「你這位當叔叔的可沒少坑人家。」

宋昌金道：「凡事不能只看表面。」

陸威霖道：「就怕人面獸心！」

羅獵比起其他人更加瞭解宋昌金，宋昌金給他的這瓶藥應當不是毒藥，可也絕不是藥到病除的靈丹，從這件事不難看出宋昌金對整件事有著周密的計畫，宋昌金和風九青應當是一路，像他這種人，凡事以利己為先，城府深不可測。

相比於宋昌金的陰謀，羅獵更感興趣的是薩金花的怪病，昨晚和薩金花的偶遇讓他得悉了兩件事，一是這位寨主夫人因為受到刺激而意識錯亂，還有一件事，薩金花的尖叫聲擁有著強大的殺傷力，這叫聲如同他在幻境島所遇的侏儒。

羅獵想起徐北山讓自己前來飛鷹堡的初衷，目的是為了剷除藤野家族，羅獵本以為徐北山會故意散佈家樂前來飛鷹堡的消息，從而吸引藤野家族到來，可現在看來，藤野家族的目的或許不僅僅是家樂，包括薩金花在內都擁有著讓人困惑的背景。

蒼白山這座從康熙年間就被封禁的神山，其中到底隱藏了多少的秘密？九幽秘境究竟又帶給這周圍的人們怎樣的影響？薩金花現在的狀況和秘境有沒有關係？藤野家族盜取的黑日禁典裡面究竟記載了怎樣的內容？這一系列的問題都困擾著羅獵。

羅獵難免想起了龍玉公主，幻境島相遇之後，龍玉就徹底失去了音訊，她應當是對整件事最清楚的那個，記得分別之時她曾經說過，以後再不相見，難道她當真永遠離開了？

在某種程度上，龍玉公主和宋昌金都是以利己為先的同路人，羅獵卻和他們不同，他要撥開這橫跨千年的迷霧，搞清整件事的起源，不僅僅是父親臨終前的囑託，也因為顏天心。

「張專員，請！」

羅獵望著眼前這位擁有著典型俄羅斯血統的大漢，微笑頷首。

老魯笑瞇瞇道：「大當家請您進去呢。」和阿諾那種大舌頭的中國話不同，老魯說得一口地道的東北話，如果不看外表，肯定會認為這是一個土生土長的本地人。

羅獵道：「四掌櫃請！」

老魯在前方引路，通往李長青住處的道路曲折迂迴，如果不是有人帶路，十有八九會迷失其中，羅獵道：「飛鷹堡真是一處風水寶地。」

老魯嘿嘿笑道：「那倒也談不上，原本飛鷹堡乃是一處鷹狼共處的巢穴，後來我們大當家帶人將鷹狼驅走，方才有了這片家業。」

羅獵點了點頭，李長青在飛鷹堡擁有著極高威信，自然和他開拓這片基業有關，無論他在外形象如何，對飛鷹堡內部的眾多手下來說，李長青無異於神明一般的存在。

老魯道：「這些年來有多少人覬覦飛鷹堡的地盤，可無一例外都被我們打了回去。」

羅獵聽出他的言外之意，淡然笑道：「時代不同了，飛鷹堡雖然易守難攻，可也不是固若金湯。」

老魯雙眉一動，臉上露出不悅之色。

羅獵卻不在意他的臉色，輕聲道：「四掌櫃見過飛機吧？若是有人出動飛機空襲……」

老魯道：「一樣給他打下來！」說完他意識到自己的語氣太過不善，哈哈笑道：「張專員不必介意。」

羅獵笑道：「我只是提醒，如果李大掌櫃願意接受徐將軍的提議，我們可以為貴方提供最先進的武器，飛機大炮也不在話下。」

老魯道：「**這世上沒有錢辦不到的事情。**」

羅獵從老魯的語氣中已經推斷出此人內心中對徐北山一方並不買帳，難道老魯更傾向於張同武一方？

崔世春打開針盒，將一根根金針刺入薩金花的頭部，李長青就在一旁觀望著，臉上的表情陰鬱之極。就在剛才他見證了崔世春的催眠本領，將焦躁不安的薩金花催眠入睡，而後開始針灸。

崔世春撚起金針準備完成最後一針的時候，薩金花卻突然睜開了雙眼，崔世春內心一怔，他首先想到的是自己的催眠術失效，準備再次將薩金花催眠的時候，卻看到薩金花一雙黑白分明的眸子裡竟然湧出了鮮血，崔世春此驚更甚，他呆呆望著薩金花，耳邊聽到一個輕柔的聲音道：「你的眼睛有東西。」

崔世春突然掉轉金針，照著自己的左目毫不猶豫地插了下去。

這一變故來得太過突然，周圍人都沒有來得及做出反應，更不用說去阻止慘劇的發生，李長青抓住崔世春手腕的時候已經晚了，崔世春刺瞎了自己的左目，疼痛讓崔世春從短暫的迷惘中回到現實中來，可是他腦海中的恐懼卻並沒有因此而驅散，崔世春惶恐大叫。

李長青揚起手，一個掌刀擊打在崔世春的頸後，崔世春被李長青一掌打得暈了過去，馬上有人走過來架起崔世春。

薩金花緩緩從床上坐起，房間內的幾人第一時間用耳塞塞住雙耳，李長青試圖安慰薩金花，柔聲勸慰道：「金花，是我，是我，你不必害怕，這是在咱們自己家裡。」

薩金花的雙目死死盯住正在被架出門外的崔世春，流露出怨毒憤恨的光芒，她的情緒明顯激動了起來，胸膛不斷起伏。

李長青一邊後退一邊提醒眾人道：「快走！」

羅獵和老魯恰恰在這個時候進入了房間內，他們先看到了被架出門外已經昏迷不醒且血流滿面的崔世春，而後又聽到李長青的警告，老魯一把抓住了羅獵的手臂，試圖阻止他進去。

羅獵卻輕輕掙脫了老魯的手，緩步走向李長青，此時薩金花已經從床上站起，薩金花原本投向崔世春的目光被羅獵挺拔的身軀阻擋，她緩緩抬起頭，盯住羅獵。

李長青低聲道：「不要和她對視……」他很快就意識到，身邊的這位張專員並沒有接受自己的奉勸。

羅獵望著薩金花的雙目，強大的意志力已經在自己的腦域外構築起一面隱形的城堡，他能夠感覺到一股無形且凜冽的力量透過自己的雙目試圖向自己的腦域中衝擊而來，這讓羅獵感到困惑，薩金花本身的意識就已經錯亂，在她迷失本心的狀況下仍然能夠發動如此淩厲的精神攻勢，一時間無法判斷這是一種出於自保的反擊，還是被某種神秘力量操縱所致。

雖然宋昌金提供了所謂的解藥，可羅獵並不相信這解藥能夠解決薩金花的問題，心病還須心藥醫，他堅信薩金花的病是因為受到精神上的重大打擊，種種跡象表明，薩金花的身體很可能發生了變異。

一個人在全力進攻的時候其防守必然會受到一定的影響，薩金花試圖侵入羅獵腦域的時候，其腦域的防守能力也處於一個相對薄弱的時候。羅獵的意識進入薩金花的腦域之前的確經過一番猶豫，畢竟薩金花處於精神錯亂之中，也就意味著她的腦域處於混亂混沌之中，這樣的狀況無法用正常的規律去推測，侵入其中需要冒著極大的風險。

羅獵只說了一句：「勞煩大掌櫃為我護法，任何人不得進入室內。」

李長青聞言一怔，看到原本赤足走來的妻子突然停下了腳步，雙目宛如入定一般，整個人似乎被人施以了定身術。目前仍在室內的只有老魯，老魯向前一步，他並不清楚羅獵是不是想要對薩金花不利。

李長青伸出手臂，攔在老魯的前方，然後搖了搖頭，示意老魯退出去。

老魯皺著眉頭向李長青緩緩搖了搖頭，他是在向李長青表示羅獵並不可信，李長青擺了擺手，這次表達的意圖已經非常明顯。

老魯暗自歎了口氣，轉身退出門外，出門的時候將房門關上。

李長青目不轉睛地望著羅獵，他不敢直視妻子的眼睛，因為他曾經領教過那恐怖的眼神。

血沙漫天，一頭灰色的孤狼從血沙的漩渦中走入這片混亂的荒原，血色地面到處龜裂，空中飄飛著暗紅色的浮塵，遮天蔽日，地面上橫七豎八地躺著一具具生物的屍首。

孤狼的目光審視著這死寂的大地，卻沒有找到一絲一毫的生機，遠方傳來波濤拍岸的聲音，孤狼停下腳步，視野的盡頭，一條紅色的血線正飛速向這邊蔓延而來，血浪還未抵達，地面上龜裂的縫隙中已經被鮮紅色的血填充並溢出，整個地面因為血液的浸泡而變得鬆軟黏稠，孤狼的四爪向下陷入，孤狼頸部的灰色毛髮宛如鋼針般豎起，牠開始奔跑，迎著那飛速湧來的血浪奔跑。

乾涸的紅色荒原頃刻間已經被紅色的潮水覆蓋，孤狼被滔天的紅色巨浪席捲其中，倏然之間整個世界突然變得平靜，潮水平復，孤狼從血色海洋中露出頭來，紅色的水面平整如鏡。

一條獨木舟靜靜漂浮在水面上，一位身穿白衣的女子靜靜坐在其中，懷中抱著一個襁褓，襁褓中的嬰兒，孤狼的身軀緩緩升騰而起，牠的肋下居然生出一對翅膀，舞動翅膀飛到空中，於空中俯瞰，那白衣女子輕聲吟唱著搖籃曲，一邊搖晃，一邊輕輕拍打著襁褓。

襁褓之中陡然伸出一隻青黑色的利爪，那隻利爪猛然掐住了女子雪白的脖頸，女子發出一聲尖叫……

現實中薩金花發出了一聲慘叫，她的身體軟綿綿倒了下去。一直都在旁邊留意動靜的李長青一個箭步就衝了上去，搶在妻子倒地之前抱起了她。羅獵的意識同時抽離出了薩金花的腦域，向來鎮定的他臉上露出惶恐之色，周身因為剛才探查到的一幕而佈滿冷汗。

李長青將陷入昏迷的妻子小心放在了床上，轉向羅獵，面色變得極其嚴峻。

羅獵道：「他還活著對不對？」

李長青不解地望著羅獵，並不理解對方口中的他指的是誰。

羅獵道：「元慶！」

聽到羅獵說出的這個名字，李長青的胸口宛如被人重擊了一拳，他差點沒坐倒在地上，強行支撐著來到一旁坐下，他的一隻手落在槍柄上，這短暫的時間內腦海中已經轉過無數的念頭。

羅獵知道李長青產生了殺人滅口的念頭，可是他並不害怕，就算李長青有槍在手，自己也沒什麼好顧忌的。羅獵仍然站在原地，望著李長青道：「這個世界上有可能幫到你的只有我！」

李長青抬起頭，他的額頭上也佈滿了大汗，他不知道對方究竟從妻子那裡得到了什麼，可這麼久以來，還是頭一次有人在自己的面前提起這個名字，他從未公佈過，這名字和他的關係只有他和妻子才知道。

李長青好不容易才調整好情緒，他的手卻仍然顫抖著，端起茶盞，因為手的抖動，茶盞發出急促而脆弱的震顫聲，艱難地喝了口茶，李長青道：「請坐！」

羅獵知道對方已放棄了殺死自己的念頭，點點頭，來到李長青的身邊坐下。

李長青道：「你知道什麼？」

羅獵道：「人可以偽裝，但是腦海中的記憶偽裝不了。」

李長青充滿驚奇地望著羅獵，他從未聽說過有人可以讀取他人腦海的記憶，如果換成以往，他一定認為這是天方夜譚，可剛才發生的一切又由不得他不信。

羅獵道：「他仍然活著對不對？」

李長青抿了抿嘴唇，仍然沒有回答對方的問題。

羅獵道：「夫人的癥結就是心魔，他只要仍然活著，心魔就無法根除。」

李長青道：「張專員的話，我不明白。」

羅獵道：「夫人受刺激只是其中一個原因，她的意識被人操縱。」

李長青道：「什麼人？」

羅獵沒有說話，深沉的目光卻給了李長青一個明顯的暗示。

李長青感覺有些呼吸困難，閉上雙目，有氣無力道：「多謝張專員，你先回去吧。」

羅獵回到自己的住處，發現蘭喜妹、鐵娃、陸威霖都在那裡等著自己。看到羅獵平安回來，眾人都是鬆了一口氣，蘭喜妹道：「張專員，你要是再不回來，你的這幫好朋友恐怕就要我償命了。」

羅獵笑道：「哪有那麼嚴重。」他示意其他人先回去，讓宋昌金留下。

眾人離去之後，宋昌金笑眯眯道：「怎樣？解決了？」

羅獵將那瓷瓶扔還給了宋昌金，宋昌金愕然道：「你沒用？」

羅獵道：「我忽然想到了一件事，風九青的家人死活跟你有什麼關係？」

宋昌金道：「救人一命勝造七級浮屠，更何況我和風九青還有些舊情。」

羅獵道：「圈子兜得太大，很可能連自己都被繞進去了，就怕繞進去了還不知道。」

宋昌金道：「大侄子，人多點提防心不是壞事，可最怕疑心太重。」

羅獵道：「為何選擇飛鷹堡來設下圈套？你們怎麼知道藤野家一定會來？」

宋昌金道：「都說了幾百遍，家樂對藤野家極其重要，只要他們知道家樂在飛鷹堡的消息，肯定會循跡而至。」

羅獵道：「最好的結果是不是藤野家和飛鷹堡發生火併，最好兩敗俱傷同歸於盡？」

宋昌金道：「這可不是我的計畫，我只是按照別人的指引做事。」

羅獵道：「能讓你那麼老實，除非你被人抓住了把柄。」

宋昌金道：「你很快就會知道我沒騙你。」

羅獵緩步走向宋昌金，在他的逼視下，宋昌金變得有些慌亂，垂下目光道：「小子，你別對我使用催眠術。」

羅獵道：「我才不會把精力浪費在你這隻老狐狸身上，你老實告訴我，為何藤野家會前來飛鷹堡？」

宋昌金道：「我怎麼知道？徐北山那個人心機深沉，他的計畫非常縝密，我也不清楚全部的計畫……」

羅獵道：「風九青是不是就在飛鷹堡？」

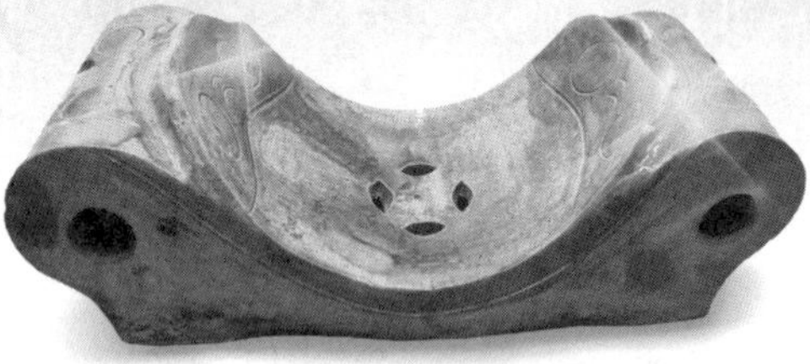

第二章

出賣

羅獵被李長青點破身分，可表情卻依然鎮定如故，
李長青能夠知道自己的身分，無疑有人出賣了自己，
羅獵並沒有首先去思考誰出賣了自己，
李長青雖然道破了自己的名字，可他將自己請到石亭，
就證明李長青不想公開這件事，因為自己抓住了他的把柄。

宋昌金愣了一下，稍閃即逝的驚詫神情並沒有躲過羅獵的眼睛，羅獵其實早就懷疑這件事，如果徐北山就是要利用家樂的事情將藤野家族引入飛鷹堡，進而將之一網打盡，那麼這個誘餌必須足夠吸引力，一直以來風九青收養並保護家樂乃是人所共知的事實，也就是說，風九青出現的地方通常就是家樂所在的地方。

在奉天，風九青和家樂所乘的汽車遭遇車禍，兩人離奇失蹤不知是死是活，無論是徐北山還是宋昌金傳遞給羅獵的資訊都是他們被很好地隱藏了起來，羅獵最初也認為他們會在一起，可是在他們前來飛鷹堡的時候，羅獵開始懷疑藤野家是否會前來，宋昌金在這件事上表現出的肯定態度，讓羅獵想到了一件事，想要讓藤野家出現判斷上的失誤，就必須給予可信的誘餌，如果家樂當真是徐北山的骨肉，那麼徐北山是不會用親生兒子來冒險的。

風九青無疑成為了一個最好的選擇，也只有風九青現身才能夠傳遞出足夠的信號，羅獵因此而做出了風九青就在飛鷹堡的判斷。

宋昌金搖了搖頭道：「我怎麼知道？」

羅獵道：「你知不知道已經不重要，從現在起，我要按照自己的方式來做事，你和徐北山之間的交易跟我沒有半點關係。」

宋昌金咬了咬嘴唇，內心中激烈交戰著，對羅獵的智慧他早已領教，此前他就知道自己早晚都瞞不過羅獵，只是沒想到羅獵這麼早就看破，他歎了口氣道：「我瞞不過你……她……她的確已經到了這裡。」

羅獵道：「風九青和李長青又是什麼關係？」

宋昌金因羅獵的發問臉色已經變得蒼白，在羅獵這位侄子的面前，他已經喪失了全部的主動，宋昌金用力搖了搖頭，是抗拒更是對自己的提醒，有些話他不可以向羅獵全部交代出來。

羅獵道：「你不肯說，風九青和李長青應當早就相識對不對？而且李長青願意給她提供庇護。」

宋昌金道：「我也不知道他們之間的關係，我和你一樣也是被動前來，我也有不得已的苦衷。」

羅獵道：「不得已的苦衷就是利益驅使，或許你真的不清楚內幕，可李長青也並非那麼簡單，他的夫人薩金花病因複雜……」說到這裡羅獵停頓了一下。

宋昌金緊緊攥著手中的瓷瓶，這瓷瓶中明明裝著解藥因何羅獵不用？

羅獵道：「薩金花可能被人投毒，那瓷瓶中或許就是解藥，但是她發瘋的原因不僅僅是毒藥的作用，也就是說這解藥治不好她。」

宋昌金只是呆呆望著羅獵，他對這位大侄子只有佩服的份兒。

羅獵道：「投毒者應當是李長青夫婦非常信任的人，或許……」話鋒一轉又道：「這解藥是風九青給你的對不對？」

宋昌金的腦袋耷拉了下去，現在的他就如一隻鬥敗了的公雞。

羅獵無需知道答案，從宋昌金的表情變化，他已經猜到了事情的來龍去脈。伸手輕輕拍了拍宋昌金的肩頭道：「你想要什麼和我無關，我也不感興趣，可是如果因為你的一己之私而將我們全都拖入泥潭之中，我決不答應。」

宋昌金歎了口氣道：「你是在威脅我嗎？」雖然羅獵的語氣還算溫和，可他能夠聽出溫和背後的嚴厲，自己的作為應該已經觸怒了這位大侄子。

羅獵道：「你可以走了。」

宋昌金沒有停留，也沒有解釋，轉身離開了羅獵的住處。

蘭喜妹隨後到來，她也聽說了崔世春刺瞎自己眼睛的事情，這次前來就是為了求證，羅獵對此並沒有隱瞞，將自己看到的情景說了一遍，當然略去進入薩金花腦域的一節。

蘭喜妹聽他說完，秀眉微顰道：「這個薩金花好生奇怪。」

羅獵道：「我懷疑風九青可能就在飛鷹堡。」

蘭喜妹道：「為何會有這樣的懷疑？」

羅獵道：「我也不知為什麼，總有種感覺她就在這裡，你有沒有查過李長青的底？」

蘭喜妹道：「查過，他很早就來到了蒼白山落草為寇，先是在長風寨，因為能力突出，三年就登上了長風寨的第二把交椅，後來他們的長風寨被人圍剿，大當家戰死，他帶著殘兵敗將躲到了這裡，以此為根基發展到了現在的規模。」

羅獵道：「他和薩金花是怎麼認識的？」

蘭喜妹道：「薩金花是南方人，據說是隨著家人來滿洲討生活，在蒼白山遭遇土匪，家人都被殺死，是李長青救了她。」

羅獵道：「南方人？」

蘭喜妹點了點頭：「不錯，她沒瘋之前從口音就能夠聽出來，應當是江浙一帶人氏。」

羅獵起身走了幾步，腦海之中思緒起伏，蘭喜妹並沒有馬上打斷他的思考。

羅獵終於停下腳步道：「我懷疑李長青夫婦可能和風九青早就認識，他們願意為風九青提供庇護。」

蘭喜妹眨了眨明眸，馬上明白了他的意思，也唯有如此才能將藤野家族吸引到這裡來。她小聲道：「你懷疑宋昌金說了謊？」

羅獵道：「整件事可能都是一個圈套，雖然計畫得非常周全，可他們還是忽略了一個最重要的細節。」

蘭喜妹靜靜等待著他的下文，可羅獵並沒有說出所忽略的細節是什麼，蘭喜妹終於忍不住問道：「什麼細節？」

羅獵道：「我只是猜測，現在也沒有什麼證據。」他轉向蘭喜妹道：「你代表狼牙寨而來，要小心這場局。」

蘭喜妹笑盈盈望著他道：「你關心我啊？」

羅獵道：「大家現在都在一條船上，相互照應也是應該的。」

蘭喜妹道：「我不管別人，我只想跟你待在一條船上。」灼熱的目光居然讓羅獵都不得不選擇迴避，此時外面傳來鐵娃的聲音：「叔……」叫過之後又慌忙改口道：「長官！」

蘭喜妹一臉不悅地拉開房門，白了鐵娃一眼：「小東西沒點眼色。」

鐵娃吐了吐舌頭，蘭喜妹婷婷嫋嫋地走了，鐵娃快步進入房內，向羅獵道：「叔……我師父不見了。」

羅獵內心一怔，這才想起自己從回來之後都沒有見到張長弓，低聲道：「怎麼回事？他去了哪裡？」

鐵娃道：「我也不知道，您今天離開的時候，我師父說遠遠跟著看看情況，可現在您都回來了，他到現在也沒有個影子。」

羅獵對張長弓的實力非常清楚，就算遇到了什麼麻煩他也應當可以應付，安慰鐵娃道：「你不用擔心，你師父不會有事。」

鐵娃道：「說是那麼說，可我還是有些放心不下。」

此時外面傳來陸威霖和張長弓的說話聲，鐵娃聽到師父的聲音欣喜地迎了出去。

張長弓果然沒事，原來他一早遠遠跟在羅獵的身後，跟了不久就無法繼續，卻無意中發現了一堆熊的糞便，身為獵手的張長弓感到非常好奇，畢竟這飛鷹堡到處都是人，如果有熊出沒很可能會給這裡的居民造成危險。

張長弓循著糞便追蹤熊的痕跡，無意中找到了一條谷中密道，最後竟在一處發現了騎熊人，張長弓並未靠近，沒打算貿然驚動那騎熊人。

陸威霖聽到這裡，不禁好奇道：「如此說來，那騎熊人是李長青的部下？」

張長弓道：「不甚清楚，我藏身在遠處看了一會兒，那騎熊人並未和任何人聯絡過。」

羅獵道：「你還記得那條道路嗎？」

張長弓點了點頭道：「自然記得，在半山腰上，並非主路，雜草叢生，平時應該沒什麼通過。」

鐵娃道：「興許那騎熊人是跟蹤咱們過來的。」

羅獵笑了起來：「不排除這種可能。」

張長弓道：「我總覺得這飛鷹堡中透著詭異，這種感覺說不上來，有點……有點像黑堡。」

羅獵望著張長弓並未說話，任何生物都是有直覺的，人作為萬物之靈，直覺往往更為靈敏，張長弓的身體經過安藤井下的救治，事實上已經發生了變異，他的感覺比起普通人更加靈敏。

陸威霖道：「我倒沒什麼感覺，不過這世上不可能有兩個黑堡，那個黑堡已被咱們毀掉了啊！九幽秘境距離這裡有一百多里，而且也被火山熔岩摧毀……」說到這裡他停頓了一下：「難不成這裡還有一座和九幽秘境相同的地方？」

羅獵因他的突發奇想也是一怔，九幽秘境其實是女真王陵，在蒼白山脈分佈著不止一處的女真王陵。焉知這裡沒有同樣的一座陵墓？宋昌金這種唯利是圖之人，以摸金盜墓為生，他為何不顧凶險來到這裡？其真實的用意或許正是為了謀求寶藏而來。

除了鐵娃之外，幾人都是九幽秘境的親歷者，那場出生入死至今還讓他們記憶猶新。

張長弓道：「蒼白山乃是龍脈之地，沿著這條龍脈有無數王族墓穴，可像九幽秘境規模如此之大的恐怕不會有第二個。」

羅獵道：「有沒有第二個九幽秘境不好說，不過從這位寨主夫人的樣子可以判斷，她的身體一定發生了變異。」

張長弓道：「你是說……黑煞？」

羅獵點了點頭。

陸威霖道：「咱們現在應當怎麼做？」

幾人齊齊將目光投向羅獵。

羅獵道：「什麼都不要做，等！」

以靜制動，守株待兔，羅獵等的不是蘭喜妹，也不是宋昌金，他等的是李長青，他有信心李長青一定會找上自己。李長青果然沒有讓羅獵失望，當天下午就派人前來。

前來邀請羅獵的還是老魯，李長青沒有在自己的住處等他，而是在最初宴請羅獵的石亭。午後天氣不好，彤雲密佈，北風呼嘯，雖然沒有下雪，可天地之間卻飄飛著一層冰屑，寒風夾雜著冰屑從領口袖口撲入，讓人感覺到寒冬臘月般的冰凍。

李長青站在石亭內，遠遠眺望著迎風走來的羅獵。老魯只是將羅獵帶到了石亭前，就轉身離去。

李長青在羅獵進入石亭之後，低聲道：「你怎麼知道元慶的事情？」

羅獵並沒有回答他的問題，轉身看了看外面，朗聲道：「好冷的天！」

李長青道：「我妻子的狀況很差，你是不是對她動了什麼手腳？」

羅獵道：「為她針灸的可不是我。」不等李長青邀請，他坐在石桌旁，伸手在一旁的暖爐旁烤了烤火，火光映紅了他堅毅的面孔。

李長青道：「這裡是飛鷹堡！只要我開口，別說一隻飛鷹，就算一隻蒼蠅都飛不出去。」

羅獵淡然笑了笑：「這麼冷的天，哪有什麼蒼蠅？大掌櫃乃知書達理之人，可不能因為自己的家事而亂了方寸。」

李長青道：「家醜不可外揚，為了家人我可什麼事情都做得出來。」

羅獵看都沒看李長青道：「大掌櫃若是以這種方式跟我說話，那還是算了吧，本想明天再走，現在我是一刻都不想在這裡待了，馬上回去收拾行李，離開你們飛鷹堡。」

李長青道：「走得掉嗎？」

羅獵道：「大掌櫃是想拿整個飛鷹堡的命運跟我賭一次嗎？」

李長青冷冷道：「羅先生以為徐北山會為你出頭嗎？」

羅獵被李長青點破身分，可表情卻依然鎮定如故，李長青能夠知道自己的身分，無疑有人出賣了自己，羅獵並沒有首先去思考誰出賣了自己，李長青雖然道破了自己的名字，可他將自己請到石亭，就證明李長青不想公開這件事，因為自己抓住了他的把柄。

羅獵道：「我本以為自己的麻煩已經夠多，可是見到大掌櫃才知道，我其實自在多了。」

李長青歎了口氣道：「家家有本難念的經。」他的語氣突然軟化了下來，羅獵的鎮定讓他意識到自己的威脅不會起到任何的作用。

羅獵道：「清官難斷家務事，我本不想管別人家的事情，可走到了這裡，偏偏有些騎虎難下。」

李長青道：「跟我來！」

羅獵隨同李長青走出石亭，沿著右前方的小徑曲折向上，這段路途崗哨眾多，等來到重兵把守的洞門前，羅獵方才知道這裡是飛鷹堡軍火庫所在。

進入軍火庫，身後沉重的兩扇大門關上，李長青帶著羅獵繼續向裡面走去，沿著前方甬道前行一百餘米，再次打開鐵門，出現在他們面前的是一個天然的石廳，在石廳的中心位置，有一個直徑約莫兩米的地洞，四名守衛將吊籃降落在他們的面前，李長青率先走了進去，羅獵也隨同李長青進入吊籃，吊籃緩緩降落。

羅獵的內心也隨著吊籃降落而變得沉重，他已經意識到即將見證的是什麼。

李長青道：「這些年來，你是唯一一個進入這裡的人。」

羅獵點了點頭，心中估算著他們下降的距離，大概接近五十米，吊籃緩緩落地，兩人先後出了吊籃，在他們的周圍共有四個洞口，李長青走入了其中的一個，他並沒有撒謊，整個飛鷹堡除了他以外沒有任何人知道這個秘密。

他們通過了三道鐵門，李長青接連打開了三把鎖，拉開最後一道鐵門的時候，一個淒厲的嚎叫聲傳來。

李長青打開手電筒，他的表情極其痛苦，握住手電筒的右手也在微微顫抖。

循著手電筒的光束向前望去，只見前方鐵籠之中，一個遍體鱗甲的身軀蜷曲在那裡，羅獵首先想到的就是方克文。他又清楚地知道，籠中的怪物應當就是李長青和薩金花的兒子李元慶，根據他所掌握的情況，李元慶還不到三歲，可鐵籠內的怪物從身形來看應當要比自己還要高大一些。

那籠中怪物突然停下了哀嚎，他應當感覺到有人到來。

李長青將手中的提盒打開，從裡面拿出一條新鮮的羊腿，他也不敢走近，遠遠將那塊足有十斤重的羊腿扔了過去，原本蜷曲在那裡的怪物猛然從地上彈射而起，從籠中探出一條烏青色的鱗爪，一把將羊腿抓住，拖入鐵籠之中，大口大口地咀嚼起來。

雖然是驚鴻一瞥，羅獵也看清他的面貌，他的臉上居然沒有半點鱗甲，眉清目秀，像極了李長青。

骨骼的碎裂聲不斷傳來，李元慶竟然咬碎了骨骼，和著血肉一起吞了下去，羅獵暗自佩服這小子的胃口，再看他的四肢上都帶著鐐銬。

李長青道：「這鐐銬是用特殊材質製成，他掙脫不開。」

羅獵將李長青的手電筒拿了過來，光束照在鐐銬之上，看到鐐銬上泛出星星點點藍色的反光，沉聲道：「地玄晶？」

李長青點了點頭道：「你怎麼知道？」

羅獵心中暗奇，地玄晶鑄煉不易，卻不知李長青從何處得到鍛煉之法？羅獵道：「這副鐐銬是誰給你的？」他料想李長青無法鑄造出這樣的鐐銬。

李長青道：「我也不清楚……」

羅獵道：「大掌櫃若是不清楚，天下間只怕也沒人清楚了。」

李長青猶豫了一會兒，終於道：「是內子給我的，生下元慶之後，她大受刺激，因此而瘋癲，我看到這孩子如此模樣，本想殺了他，可……」他握緊雙拳，因為情緒激動，周身顫抖不止。

羅獵暗歎，籠中這怪物生著一張人類的面孔，他的模樣像極了李長青，如果不是這一身鱗甲，也是一位英俊的年輕人，想到這小子方才不到三歲，居然長得這般成熟，又不由得聯想起麻博軒和方克文，李元慶應當和他們一樣感染了同樣的病毒，所以身體才會發生這樣的變異。

根據在薩金花腦域中看到的回憶影像，羅獵幾乎能夠斷定李元慶應當是在薩金花腹中的時候就遇到了感染。

李長青道：「我捨不得下手，而且，我發現他和內子應當存在著某種心靈相通的感應，我若是殺了他只怕……」他的話沒說完，可羅獵已明白了他的意思。

羅獵道：「大掌櫃這些年是否有過什麼特別的經歷？」

李長青道：「占山為王，燒殺搶掠，或許這就是我的報應吧。」

羅獵道：「尊夫人呢？」

李長青道：「她一直和我在一起啊。」

羅獵道：「聽說她是南方人？」

李長青點了點頭：「海寧人。」

羅獵道：「你認不認得風九青？」

李長青一臉迷惘地望著羅獵，從他的反應應當是不認識風九青。

羅獵道：「尊夫人有沒有什麼要好的朋友？」

李長青道：「她有個表妹，姓吳，叫吳彩蝶。」

羅獵道：「那吳彩蝶是不是就在飛鷹堡？」

李長青明顯一怔。

羅獵道：「剛來不久？」

李長青點了點頭道：「是，剛來不久。」

羅獵又道：「她還帶著一個孩子對不對？」

李長青警惕之心頓起，他沒有馬上回答羅獵的問題。

羅獵道：「那孩子叫家樂對不對？」

李長青道：「看來你這次不是為了收編而來？」

羅獵道：「李大掌櫃深居簡出，並不知道外面發生了什麼事情，如果那孩子叫家樂，那女人十有八九就是風九青，尊夫人此前的事情恐怕你也不甚瞭解。」

他已可斷定，薩金花和風九青早就相識，至於是不是表姊妹，此事不明，薩金花的背景也絕不是一個普通的逃難女子，李長青對妻子的過去也不瞭解。

李長青道：「你到底為何而來？」

羅獵道：「我的身分是誰向你洩密？」

李長青道：「有人投書給我，我也不知是誰。」

羅獵道：「李大掌櫃能否安排我和吳彩蝶見上一面？」

李長青正在猶豫，突然鐵籠中傳來一聲怒吼，李元慶飛撲到鐵籠邊緣，伸出雙手試圖向羅獵抓來，不過他竭盡全力，距離羅獵仍然還差兩尺的距離。

羅獵近距離觀望著李元慶的面孔，李元慶的情緒陡然變得激動，額頭之上佈滿青筋，一雙眼睛也佈滿了血絲，緊咬牙關，發出吱吱嘎嘎的聲響，羅獵並沒有被他猙獰的表情嚇住。

羅獵道：「他還不到三歲吧？」

李長青點了點頭：「是，可看起來已經是個小夥子了。」李長青想過，以兒子現在的生長速度，恐怕他最多只能活到十歲。

羅獵道：「如果不是這副鐐銬困住了他，他的破壞力超乎想像，我曾經見過一個和他類似的人。」

李長青聽得非常認真，自從他得悉羅獵的真正身分之後，就知道羅獵或許能夠幫助自己。

羅獵道：「那人並不是出生起就這個樣子，他和其他幾人來到蒼白山探險，誤入了一座女真古墓，幾人僥倖離開之後，他們的身體都發生了變化，方方面面的機能變得極其強大，可是他們衰老的速度也加快了數倍。」

李長青道：「那人現在在什麼地方？」

羅獵搖了搖頭道：「都死了，不過其中一人前往日本治病，因而引起了日方的注意，他們從此人的身上提取血液並進行研究，研製出了一種化神激素。」

李長青顫聲道：「這激素是做什麼的？」

羅獵道：「化神激素去除了一部分不良的副作用，可以在短時間內讓人體產生變異，從而提升人體潛能，製造出強大的戰爭機器。」

李長青搖了搖頭道：「不可能，內子不可能接觸到這些東西。」

羅獵心中暗忖，李長青對薩金花的過去並不清楚，他的否定也沒有那麼堅決，可見李長青的內心也開始動搖。

李長青道：「我要儘快回去。」母子連心，以往的經歷告訴他，只要兒子情緒開始躁動，薩金花那邊必然有所反應，為了以防萬一，他還是回到妻子身邊方才穩妥。

羅獵卻道：「不急！」他慢慢向前走了一步，李元慶剛剛收起的手爪倏然向羅獵胸膛抓去，李長青驚呼道：「小心！」

羅獵對此早有心理準備，一把將李元慶的手腕抓住，李元慶膂力奇大，用力一扯，羅獵感覺這股力量難以抗衡，慌忙鬆手，左手揮出，暗藏在手中的地玄晶飛刀戳在李元慶的手背之上。

李元慶負痛發出一聲慘叫，將利爪瞬間縮了回去，綠色的血液沿著傷口滴落下來。

李長青看到兒子受傷，不由得有些心疼，可他也知道剛才那種狀況，如果羅獵不及時做出反應，必然被他所傷。

李元慶被飛刀割裂的傷口很快就開始痊癒，羅獵發現他的自癒能力非常強大，地玄晶製成的武器雖然能夠傷到他，可是傷口依然可以癒合。

李元慶顯然被羅獵的一刀給震住，滿臉的委屈，望著羅獵雙目居然流露出幾分惶恐的神情。

羅獵揚起手中的飛刀，在李元慶的雙目前晃了晃，輕聲道：「睡吧，睡醒了你娘就回來了。」

李元慶望著那來回擺動的飛刀竟然緩緩合上了雙目，撲通一聲四仰八叉地躺倒在了地上，沒多久就發出香甜的鼾聲。

李長青目睹眼前的一切，不禁暗暗稱奇，對羅獵的手段又生出了幾分佩服。兒子既然入睡，想必薩金花也不會鬧出太大的動靜。

羅獵向李長青道：「我想跟尊夫人再見一次面，不知大掌櫃意下如何？」

李長青道：「你當真可以讀到別人的記憶？」

羅獵道：「未必每次都靈，可總會有成功的時候。」

李長青從未看到如此大的希望，這希望是羅獵賦予的，他無法拒絕羅獵的請求，在經歷了這一系列的事情之後，他的內心存在著和羅獵同樣的疑問，妻子在和自己相遇之前究竟有過怎樣的經歷，難道當真就像她自己所說的那樣嗎？

李長青帶著羅獵回到住處，可眼前的所見卻讓他大吃一驚，薩金花失蹤了，負責看守的衛士七竅流血暴死當場，死狀極其極慘，李長青慌忙召集人手尋找失蹤的妻子，此事極其蹊蹺，光天化日之下，薩金花居然能夠逃離。

整個飛鷹堡都因為薩金花的失蹤而喧嚣起來，李長青已經顧不上羅獵。

事態的發展總是百轉千迴，羅獵也沒有料到這次意外，他想到了另外一個關鍵人物宋昌金，準備找到宋昌金從他那裡套出一些實情，可讓他意外的是，宋昌金也失蹤了。

張長弓幾人對宋昌金總是愛理不理，他們也從未將宋昌金當成自己人，宋昌金是死是活跟他們的干係不大，正是因為這個緣故，他們對宋昌金也不夠關注，尤其是在抵達飛鷹堡之後，想不到宋昌金居然也會選擇不辭而別。

阿諾道：「怎麼？這老狐狸難道和薩金花的失蹤有關？」

羅獵搖了搖頭，就算借給宋昌金一個膽子，他也不敢去擄走薩金花，羅獵仔細回想了一下，李長青口中的吳彩蝶應當就是風九青，此事終究還是自己疏忽了，此前和宋昌金的一番談話，讓宋昌金過早警覺，他一定將自己的發現告訴了風九青，薩金花和他的失蹤應該都和風九青有關。

張長弓道：「他走了就走了，這老狐狸在咱們身邊不知何時會害咱們。」

鐵娃跟著點了點頭，這群人中無人對宋昌金有好感。

羅獵道：「咱們儘量不要出去，作壁上觀就好。」他心中卻明白，無論他們情願與否必將捲入飛鷹堡的內部事件之中，他忽然想起薩金花和李元慶母子之間有心靈感應，從這一點線索興許能夠找到薩金花的下落。

如果劫走薩金花的人就是風九青，那麼她的目的又是什麼？薩金花對她又有怎樣的利用價值？

從表面上看做局的人是徐北山，可隨著事態的發展，羅獵卻發現風九青和宋昌金在其中起到了推波助瀾的作用，徐北山做局的同時或許也被人騙入局中。

羅獵去找蘭喜妹的時候，蘭喜妹正坐在椅子上修整著指甲，雖然覺察到羅獵的到來，可仍然眼皮都沒翻一下。羅獵就在一旁的方凳上坐下，沒有出聲，靜靜看著灰濛濛的外面。

風比起清晨又大了許多，迷濛在空中的並非是雪，只是被風吹起的積雪和冰塵，整個飛鷹堡如同籠上了一層紗，又像是突然起了霧。羅獵抬起手腕看了看表，時間已經是下午四點，距離發現薩金花失蹤已經過去了接近三個小時，從四處奔走搜索的人群來看，薩金花仍然杳無音訊。

蘭喜妹悄悄抬起雙眸，偷偷看了羅獵一眼，發現他的注意力並不在自己的身上，忍不住抬起右腿在羅獵的小腿上踢了一腳。

羅獵道：「君子動口不動手。」

蘭喜妹呸了一聲：「去你的君子，我是女子，再說我也沒動手。」

羅獵笑了笑，沒有辯駁，跟蘭喜妹爭辯的結果絕不會以勝利收場。

蘭喜妹道：「你終於捨得來見我了？」

羅獵道：「閑著也是閑著。」

蘭喜妹坐直了身子：「喲呵，也就是閑著時才能想起我，你當我什麼？」

「朋友啊！」

「呸！」蘭喜妹呸了一聲，感覺還不夠解恨，又踢了羅獵一腳。

羅獵道：「風九青應該已經來到飛鷹堡了。」

蘭喜妹白了他一眼道：「正常啊，捨不得孩子套不著狼，不拿出一些誠意又怎能把人引過來？」

羅獵道：「看來你比我看得更清楚。」

蘭喜妹道：「旁觀者清，當局者迷，你身在局中，咱們站的角度不同，所以我看得要比你更清楚一些。」

羅獵道：「今天飛鷹堡發生了一件大事。」

蘭喜妹道：「算不得大事，李長青的那位夫人每隔一段時間就會失蹤，昨晚不是才逃跑，還是被你這位好心人遇上方才順利找回。」

羅獵道：「看來這飛鷹堡內你的眼線不少。」

蘭喜妹格格笑了起來：「想活得長久一些就必須多點小心，人家一個孤苦無依的女子，沒人疼也沒人愛，凡事只能靠自己。」

羅獵道：「你知不知道薩金花的下落？」

蘭喜妹搖了搖頭道：「不知道也不關心，不管找不找得到，明天我就得走了，這飛鷹堡讓人氣悶得很。」

羅獵道：「宋昌金也失蹤了。」

蘭喜妹切了一聲道：「那老狐狸，也就是你這個當侄子的才相信他。」

羅獵向她靠近了些，低聲道：「照你看，宋昌金和風九青的目的是什麼？」

「我也想知道。」蘭喜妹眨了眨雙眸，然後又道：「他們會不會劫走了薩金花，然後用薩金花要脅李長青做某些他不情願的事情，比如把你幹掉？」

羅獵笑了起來，他並不認為宋昌金想要殺掉自己，宋昌金想要利用自己是肯定的，不過叔侄兩人還沒有鬧到你死我活的地步。他低聲道：「今天早晨，老狐狸給了我一個瓷瓶，他說這裡面裝著可以治好薩金花的藥。」

蘭喜妹聞言一怔，她想了想道：「如果他不是為了害你，那就只有一個可能，薩金花的瘋病跟他有關。」

「也許是風九青。」

蘭喜妹點了點頭道：「對！」

羅獵道：「風九青這個人我並不瞭解，我在火車上跟她有過接觸，現在回想起來她很不簡單。」

蘭喜妹道：「說來聽聽。」

羅獵這才將自己和風九青在火車上相遇的事情從頭到尾詳細說了一遍，這次他並沒有隱瞞任何的細節。蘭喜妹聽完之後，沉吟了好一會兒方才道：「那孩子當真有特殊的能力？」

羅獵道：「我也是最近才意識到，當時應當是風九青和宋昌金聯手佈局，我近距離接觸那孩子的時候並沒有感到特別。」

蘭喜妹明白羅獵所指的特別是什麼，她小聲道：「你懷疑真正擁有特殊能力的是風九青？」

羅獵點了點頭：「藤野晴子和風九青究竟是如何認識的？風九青為何幫她撫養兒子那麼多年，又為何不惜代價保護這個孩子？如果她當真想要保護家樂，又為何向徐北山透露這孩子的消息？」

蘭喜妹秀眉微顰，羅獵所說的這番話揭示出疑點眾多，她過去並未產生太多的懷疑。

羅獵道：「如果不是宋昌金給我解藥，我也不會發現那麼多的破綻。」

蘭喜妹道：「找到宋昌金那老狐狸，嚴刑拷打逼問不就行了。」

羅獵道：「他也未必知道全貌。」

蘭喜妹道：「你是說，風九青才是潛在的佈局之人。」

羅獵道：「如果風九青就是吳彩蝶，那麼她已經來到了飛鷹堡，藤野家族的人對家樂志在必得。」

蘭喜妹道：「如果風九青是一個超能力者，憑她自己的力量就可以收拾藤野家族，為何還要引你入局？」

羅獵道：「可能是想讓我們和藤野家族拚個兩敗俱傷，她好坐收漁人之利，也可能……」

蘭喜妹道：「她要一網打盡？」

拋開藤野家族的勢力不言，單單是羅獵的團隊實力就足夠強悍，風九青如果能夠將他們一網打盡，其擁有的實力又該如何強大？

蘭喜妹認為羅獵的一切推斷還是建立在假設的基礎上，這種可能性並不大。眼前的當務之急，是要找到宋昌金和風九青中的任何一個。蘭喜妹道：「宋昌金由我負責，你去找風九青。」

羅獵道：「他來了。」

來人是老魯，老魯過來是請羅獵過去見李長青。

直到現在仍然沒有找到薩金花的任何蹤跡，她整個人彷彿憑空失蹤了一般，消失在了飛鷹堡內，老魯將羅獵帶到了李長青的面前，李長青站在谷底的雪地之上，指著不遠處的一個男孩向羅獵道：「你認得他嗎？」

羅獵定睛望去，那男孩正是家樂無疑，他點了點頭，舉步向那男孩走去，那男孩正樂呵呵奔跑著，經過羅獵的身邊，居然看都沒有看他一眼。

羅獵心中一怔，輕聲道：「家樂！」

那男孩停下腳步，雙目怔怔望著他道：「這位叔叔，你認得我嗎？」

羅獵此前曾經在前往滿洲的列車上和家樂見過面，而且相處的時間不短，像家樂這麼大的孩子不可能沒有任何的記憶，更何況距離他們上次見面的時間過去不久。

難道這孩子的城府如此之深？居然可以偽裝得如此出色？一個人的演技再出色，眼神很難偽裝，羅獵從家樂單純迷惘的眼神馬上做出了判斷，這孩子興許真的沒有見過自己。

「家樂！」遠處一個中年女子向這邊走來，羅獵一眼就認出她是風九青。

風九青的目光只在羅獵的臉上停留了一下，馬上轉向了李長青，淡淡笑道：「姐夫！」

李長青向她介紹道：「彩蝶，來，我給你介紹一下，這位就是從滿洲來的貴客張先生。」

風九青向羅獵點了點頭，算是打了個招呼。

羅獵道：「吳小姐，咱們此前見過面的。」

風九青流露出和家樂同樣迷惘的目光：「我從未見過張先生。」

羅獵道：「在前來滿洲的火車上，咱們還談了一筆交易。」

風九青用力搖了搖頭，極其肯定地回答道：「我從未見過您，而且我也從來沒有坐過火車。」

羅獵聽她說得如此篤定，心中越發感到奇怪，指了指家樂道：「這孩子是……」

「我兒子！」

家樂脆生生道：「娘，外面好冷，咱們回去吧。」

羅獵望著母子二人離去的身影，整個人宛如靜止了一般。

李長青的聲音從身後響起：「其實這個世界上長得相像的人有很多，你是不是認錯了人？」

一陣冷風吹來，羅獵沒來由打了個冷顫，他忽然道：「大掌櫃可曾去軍火庫搜查過？」

李長青聞言也是愣了一下，他下意識地握緊了拳頭，母子連心，如果他們母子當真有心靈感應的話，那麼薩金花很可能去軍火庫，不過這種可能性並不大，如果薩金花進入軍火庫，應當無法瞞過層層哨所的眼睛。

雖覺得可能性不大，李長青仍然決定前往軍火庫一趟，他要親眼證實一下。

羅獵跟隨李長青一起重新進入了軍火庫的地穴之中，李長青打開鎖好的三道鐵門，在進入最後一道鐵門之前，他向羅獵搖了搖頭，意思是薩金花沒可能來到這裡。

羅獵將手電筒的光束投向鐵籠，卻見鐵籠之中已經空空蕩蕩，原本被囚禁其中的李元慶早已不知去向。

李長青目瞪口呆，他無數次檢查過這裡，並沒有發現有出口可以離開。

羅獵指向鐵籠的地面，在地面上已經多出了一些碎石，碎石旁扔著一副被切斷的手銬腳鐐，碎石的中心有一個黑魆魆的洞口，可以容納一個成人通過，顯然李元慶就是從這個洞口逃了出去。

李長青慌忙打開鐵籠，羅獵擔心其中有詐，抽出飛刀暗藏於掌心，李長青照亮那地洞，發現地洞幽深，不知通往何處，這地洞絕非一日能夠打通，而且從地洞周圍的碎石來看，應當是從外向內挖掘。

李長青和羅獵對望了一眼，下去追擊的念頭只是在內心中閃動了一下，馬上就已經放棄，解除束縛的李元慶其戰鬥力極其強大，羅獵領教過這小子的力量，比起張長弓的巔峰狀態都不遑多讓，如果正面相逢，自己很難將之制服。

李長青道：「怎麼辦？」

羅獵道：「有人協助他逃走，而且……」

李長青明白他的意思，協助兒子逃走的人必然有薩金花，否則任何人都無法安撫此子暴戾的性情。李長青喃喃道：「只希望他沒有從這裡逃出去。」

羅獵道：「如果他逃到外面呢？」

李長青的臉色變得異常難看，抿了抿嘴唇，艱難道：「所到之處必然是一場腥風血雨。」

兩人迅速撤離了軍火庫，李長青讓人將軍火庫層層封鎖，讓他稍稍感到安心的是，飛鷹堡內暫時沒有異常，看來李元慶並沒有進入飛鷹堡。

蘭喜妹一直都在留意宋昌金的動向，派去跟蹤宋昌金的人帶來了消息，宋昌金是趁著上茅房的功夫悄然離開的，他所去的地方正是張長弓發現騎熊人之處。

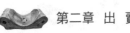

不過跟蹤宋昌金的人在進入谷口之後不久就跟丟了，所以才回來覆命。

羅獵決定親自去找宋昌金，他讓陸威霖、阿諾、鐵娃三人留下，協同蘭喜妹一起盯住吳彩蝶母子，搜尋宋昌金的行動他並未隱瞞李長青，這裡畢竟是飛鷹堡，一舉一動都在對方監視下，得到李長青的首肯，他們的行動可以更加便利。

李長青聽聞羅獵要去的地方，不由得皺了皺眉頭道：「那裡是森羅溝，一直以來都是我們存放屍體的地方。」土匪也有生老病死，這些年來飛鷹堡的人在死後都會送到森羅溝，任憑鷹鳥啄食。因此森羅溝也成為飛鷹堡人心中的禁地，除了送死者之外，平時少有人前往那裡。

羅獵道：「咱們分頭行動，我去森羅溝尋找，大掌櫃就在谷內展開搜索，希望能夠有個圓滿結局。」

李長青明白羅獵的意思，他點了點頭道：「好吧。」

羅獵提醒李長青道：「李大掌櫃務必要盯緊吳彩蝶母子。」

李長青道：「他們又有什麼問題？」

事到如今，羅獵必須要將一些資訊透露給他，以換得李長青的信任和協作，他將一份報紙遞給了李長青，報紙上有一篇報導是關於家樂失蹤的，有些事無需說明，點到即止，以李長青的頭腦，看到這篇報導之後自然會明白他被吳彩蝶利用，這對母子的到來或許會給他帶來一場無妄之災。

羅獵的腦海中反覆浮現出家樂迷惘的眼神，這孩子應當從未見過自己，前往森羅溝的途中，他將此事告訴了張長弓，張長弓也覺得此事非常蹊蹺，一個小孩子就算再聰明，也不可能掩飾得如此完美，除非他當真沒有見過羅獵。

張長弓道：「難道這孩子是雙胞胎不成？」

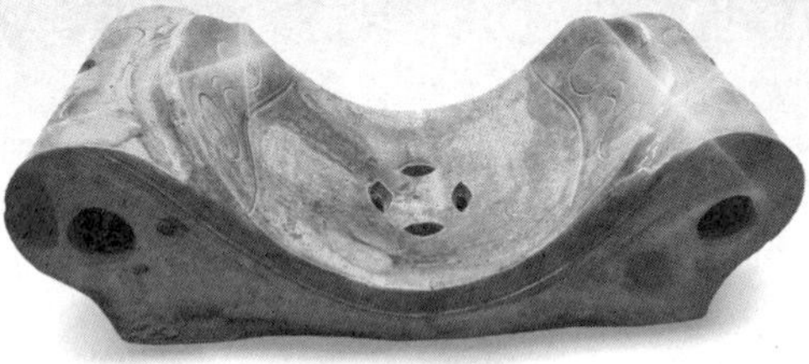

第三章

複雜的背景

李長青和吳彩蝶雖然認識了不少年頭，
可他們之間沒說過幾句話，
他對吳彩蝶的瞭解僅限於是薩金花的表姐。
然而李長青從未想過這相貌普通，性格懦弱，
看起來沒見過世面的女人居然會有那麼複雜的背景。

羅獵道：「還記得咱們在黑堡遇到的複製軍團嗎？」

張長弓倒吸了一口冷氣道：「你是說那孩子……」

羅獵搖了搖頭道：「我無法斷定，不過我們在黑堡所遇的複製人神情呆滯，這孩子倒是非常靈動。」

張長弓道：「如果他是複製人，那麼風九青？」

羅獵道：「風九青很不簡單，從我們目前瞭解到的情況她和藤野晴子的關係應當極其密切，或許她從藤野晴子那裡得到了什麼，又或者……」羅獵的話沒有說完，因為他看到前方有五人在等著他們，為首一人是老魯。

老魯五人全都全副武裝，遠遠向羅獵道：「張專員，在下奉大當家之命在此恭候多時了。」

羅獵點了點頭，剛才李長青並未提起老魯也要同行，按理說老魯不會自作主張，看來李長青對自己仍然留了一手，羅獵微笑道：「勞煩四掌櫃。」

老魯也不多言，隨同他前來的四人，兩人去前方引路，兩人來到後方斷後，老魯和羅獵、張長弓並肩而行。老魯道：「森羅溝乃飛鷹堡的禁地，平時我們是不會到這裡來的。」

羅獵道：「聽說森羅溝是埋葬死人之地。」

老魯點了點頭道：「你有沒有聽說過天葬？」

羅獵聽說過天葬，不過天葬是青藏高原那邊常見的葬禮方式，在千里冰封的北國，還很少聽說有天葬這種形勢。

進入森羅溝，老魯主動向他們介紹道：「知不知道森羅殿？」

張長弓點了點頭，閻王爺辦公的地兒他當然知道。

老魯道：「傳說森羅溝歸閻王爺管。」

羅獵笑道：「四當家不是信耶穌啊？」

老魯長歎了一口氣道：「信過，可不靈，現在除了自己我什麼都不信。」

羅獵道：「你們大當家呢？」

老魯被羅獵問到了關鍵之處，滿懷敵意地看了羅獵一眼道：「大當家救過我的命，他讓我做什麼，我就做什麼，就是讓我死我也不會有半句怨言。」

羅獵呵呵笑了起來：「佩服，佩服，四當家忠心耿耿，日月可鑒，你明知李大掌櫃不會讓你去死對不對？」

老魯察覺到對方明顯是在故意激起自己的憤怒，不過他很好地控制住了自己的情緒，輕聲道：「好死不如賴活著，能活著誰也不願意去死，你說對不對？」

他不忘向張長弓看了一眼道：「這位老弟，你是張專員的部下，如果張專員遇到危險，你願不願意犧牲自己的性命去救他？」

張長弓憨厚地笑了起來：「從來都是專員救我，如果真有危險，他一定會首先衝上去。」

老魯點了點頭，他明白了張長弓話後的意思，這樣的人，手下人又怎能不甘心為之賣命？同時也表明了張長弓對他強大的信心。

羅獵道：「他不是我的部下，是我的朋友。」

老魯從沒有把自己當成是李長青的朋友，李長青救過他的性命，如果沒有李長青，他可能早已經死了。雖然他在此後已經多次救過李長青，可他仍然堅持李長青是自己的救命恩人。

受人滴水之恩當湧泉相報，這是老魯最常說的話。

森羅溝的風很大，從入口前行大概兩百米的距離，道路就已經中斷，站在邊緣向下望去，下方就是垂直的山崖，通常飛鷹堡的人死後，他們都是將屍體從這裡直接拋下去。

老魯告訴他們，這裡並非無路可走，在右側不遠的地方就有一個斜坡，從那裡可以進入森羅溝的底部。在老魯的指引下並沒有花費太大功夫就找到了他所說的斜坡，那斜坡極陡，幾乎接近八十度，不過好在斜坡之上遍佈岩石縫隙，而且其中還生有不少長青的樹木，羅獵決定進入溝底去看看。

老魯提醒道：「這下面除了屍體就是野獸。」

羅獵道：「四掌櫃的就在上面等著吧，我們兩人下去，如果三個小時我們仍然沒有回來，你們也就不必再等。」

老魯道：「大當家讓我來給兩位帶路，可沒說讓我等著你們。」他的意思是自己可不會在這裡眼巴巴等他們三個小時。

羅獵笑了笑，那邊張長弓已經率先沿著斜坡向溝底攀援，羅獵朝老魯抱了抱拳，然後追逐張長弓的腳步而去。

森羅溝瀰漫著一層灰濛濛的霧氣，沒多久，羅獵兩人的身影就消失在霧氣之中，老魯眉頭緊皺，望著兩人直到消失，然後揮了揮手道：「回去！」

這樣的斜坡雖然陡峭，卻難不住羅獵和張長弓，兩人來到中途，就看到數具掛在山崖和植被上的屍體，屍體上的皮肉大都被鷹鳥啄食一空，只剩下累累白骨。李長青率領這幫土匪佔領了飛鷹堡，飛鷹堡原本的主人大都集聚在這條森羅溝，牠們以死去土匪的屍體為食，從這一點上來說，也算是一種補償。

一隻黑鷹突破迷霧倏然向羅獵撲去，這些鷹鳥非常凶猛，發現外敵入侵，馬上發動攻擊，羅獵反應也是奇快，隨手就是一記飛刀射了出去，那黑鷹想要躲避已經來不及了，被飛刀穿胸而過，哀鳴一聲，直墜而下。

不等黑鷹的屍體落地，一隻翼展在兩米的禿鷲斜刺裡飛掠過來，一口將黑鷹叼在了口中，將這隻黑鷹當成了甜點。

羅獵和張長弓雖然藝高人膽大，可也擔心身處斜坡之上成為眾鳥攻擊的對象，兩人迅速下行，很快就來到了谷底，森羅溝的底部到處都是累累白骨，其中有人，也有不少動物的骨骼。

他們本以為溝底會有許多喜食腐肉的鳥獸，可除了剛才他們遇到的飛鷹和禿鷲，並沒有看到更多。森羅溝下寬上狹，這三角形的截面讓谷底的空氣流通不暢，谷底溫度要比上方高五度左右，不過腐敗的氣息充斥在谷底的空間中。

兩人都受不了這腥臭的腐敗味道，戴上了事先準備的口罩。羅獵道：「你上次跟蹤到什麼地方？」

張長弓指了指上面，他也是第一次進入谷底。反手從後背摘下角弓，向前走了一步，踏在枯枝之上，早已腐朽的枯枝因承受不住壓力而斷裂，同時發出一聲脆響。

張長弓聽到右側有窸窸窣窣的聲音傳來，迅速彎弓搭箭，瞄準聲音發出的地方一箭射了出去，這一箭沒入樹叢，卻如石沉大海，沒聽到任何的反應。羅獵也聽到了聲音，不過在張長弓射出那一箭之後，聲音平息了下去，側耳傾聽，只聽到頭頂的風聲。

張長弓蹲下身去，在他前方的殘雪之上可看到一個模糊的腳印。腳印足趾分明，應當是赤足留下，張長弓估計這隻腳要比自己的還要大上一圈，不可能是宋昌金留下。

羅獵忽然道：「小心！」他一把將張長弓推開，一塊足有磨盤大小的岩石從上方直墜而下，落在他們剛剛站立的地方，岩石陷入凍土中一半有餘，砸在凍土之上，泥土四處飛濺，不少砸在了兩人的身體上。

羅獵想要從地上爬起，卻見頭頂一個龐大的黑影居高臨下向他撲來。這是一頭巨大的黑熊，危急之中，羅獵向右側連續翻滾，從黑熊的飛撲下逃脫。

黑熊撲了個空，沉重的身軀重重落在地面上，發出蓬的一聲巨響，宛如整個地底都震動起來。

這黑熊正是他們此前在來飛鷹堡的途中遇到的那一隻，不過那時黑熊的背上有人騎乘，現在牠只是獨自前來。

張長弓單膝跪地，迅速抽出羽箭，瞄準黑熊的右目倏然射出一箭。

看似笨拙的黑熊竟然揚起右掌，啪的一聲，準確無誤地將這一箭拍飛出去，然後一步步向張長弓逼近。

張長弓同時抽出三支羽箭扣在弓弦之上，他膽色過人，即便在如此危險的局面下仍然保持著一如既往的冷靜。羅獵大聲道：「小心後面！」

張長弓這才感覺到身後危險來臨，若是向前就將直面黑熊的攻擊，若是向後，只怕無法逃脫背後的突襲，張長弓向右側滑一步，身體移動的速度達到了極致，儘管如此，他仍然沒有逃過後方射來的一箭。

一支羽箭從他的左肩射入，鏃尖穿透了他的肩頭，從胸前冒出頭來，張長弓痛得倒吸了一口冷氣，沒等他做出下一步的反應，一股強大的牽拉力從箭杆上傳來，原來這支羽箭的尾端連著纖細的鋼絲，張長弓魁梧的身軀被拖拽倒地。

比尋常黑熊大上一倍的巨熊一聲不吭，四肢行動的頻率卻瞬間加倍，牠做好了撲向張長弓的準備。

一道身影從黑熊的身後騰躍而起，羅獵竟然飛撲到了黑熊的背上，黑熊周身的毛髮都豎立起來，牠不得不放慢步伐，首先想要去解決這個身後的麻煩，先是用力晃動了一下臃腫的身軀，羅獵的左手抓住牠頸部的肥肉，反手腰間抽出匕首，黑熊第一下未能將羅獵擺脫，猛然如同人類一般直立起來。

羅獵左手用力牽拉，身體凌空躍起，右手的匕首向黑熊的右眼插去。

黑熊這次未能成功躲開羅獵的攻擊，噗的一聲匕首刺入黑熊的右眼窩，血花四濺，黑熊發出一聲悶吼，身體撲倒在地上，迅速翻滾起來。

羅獵在黑熊倒地前放開牠的厚皮，跳躍躲開，以免被這廝龐大的身體壓住。

張長弓被對方拖曳而行，他抓住鋒利的鏃尖，鏃尖的三角刃緣將他的掌心刺破。張長弓忍痛發出一聲怒吼，硬生生將鏃尖拗斷，斷裂的箭杆在對方的牽拉下，從張長弓的體內退出，傷口中射出一道血箭。

張長弓始終沒有放棄自己的角弓，解除束縛之後，他的身體在雪地上接連翻滾，一排羽箭追逐著他翻滾的身體接連釘入凍土之中，張長弓翻滾之時居然可以彎弓搭箭，鎖定林中的目標又是一箭。

樹林之中傳來一聲悶哼，偷襲者被張長弓的這一箭射中，而後又傳來一聲古怪的嚎叫。

失去一隻眼睛的黑熊也放棄了對羅獵的報復，以驚人的速度衝入右前方的雪松林中。

羅獵沒有追擊，他快步來到張長弓的面前，伸手將張長弓從地上拽了起來：「怎樣？」

張長弓搖了搖頭，表示自己沒事，剛才被射穿的左肩也開始迅速癒合。兩人來到一塊巨石後隱身，剛剛藏好就聽到雪松林內接連傳來幾聲慘呼，慘呼過後，又有槍聲響起，他們對望了一眼，看來在森羅溝內的不僅僅是他們兩個。

接連幾聲槍響過後，看到一道身影從雪松林中匆匆逃了出來，那人居然是老魯，老魯神情慌張，身上的衣服也被扯爛多處，看來他並沒有像之前所說的那樣回去，而是追隨兩人的足跡來到了森羅溝的底部。

張長弓向老魯揮了揮手，叫了一聲：「這裡！」

老魯辨明聲音方向後，氣喘吁吁地趕到岩石後跟他們會合，此時的老魯已不像剛才分手時那樣從容，滿臉惶恐道：「你們……看到了沒有？那黑瞎子……」

張長弓點了點頭，這麼大的黑熊就連獵人出身的他過去都未曾見過，也難怪老魯如此驚慌。

羅獵道：「你的手下呢？」

老魯神情黯然道：「都死了，如果我不是逃得快，恐怕也死在那黑瞎子手裡。」

張長弓道：「除了那黑瞎子，你有沒有看到其他人？」他剛才被射了一箭，雖然沒有看清暗算他的人是誰，可也能夠推斷出應該是此前看到的騎熊人。

老魯搖了搖頭，看到張長弓胸前的血跡，關切道：「你受傷了？」

張長弓道：「一點輕傷，不妨事。」

薩金花仍然沒有任何消息，李長青派出去的人已將整個飛鷹堡搜了個遍，可別說找到薩金花，就連一個影子都沒有見到。吳彩蝶母子已經被李長青嚴控了起來，李長青讓人將吳彩蝶帶到自己的面前，有些話他想單獨詢問。

吳彩蝶表現得非常鎮定，似乎對飛鷹堡內發生的事情一無所知，見到李長青後恭敬叫了聲姐夫。

李長青和吳彩蝶雖然認識了不少年頭，可他們之間沒說過幾句話，他對吳彩蝶的瞭解僅限於是薩金花的表妹，吳彩蝶母子前來飛鷹堡投奔他，李長青並沒有猶豫就接納下來，在他看來，雖然妻子已經發瘋，可妻子的親人自己必須要照顧，李長青從未想過這相貌普通，性格懦弱，看起來沒見過世面的女人居然會有那麼複雜的背景。

李長青點了點頭，輕聲道：「你應當知道你表姐失蹤的事情了？」

吳彩蝶道：「知道，我表姐真是命苦啊……」說著說著她居然落下淚來。

李長青將手中的報紙遞給了她，吳彩蝶並沒有去接，尷尬道：「姐夫，我不識字。」

李長青道：「上面有照片。」

吳彩蝶這才將報紙接了過去，這並非是最新的報紙，上面最醒目的地方刊載著一起車禍，以及幾名遇難者的照片，吳彩蝶並沒有花費太大的功夫就找到了屬於自己的一張，順便也看到了家樂的照片。

李長青道：「看到了？」

吳彩蝶點了點頭。

李長青道：「這個世界上會有很多長得相像的人，可同時有兩人都如此相像可能性應該不會太大。」他打量著吳彩蝶道：「風九青是誰？」

吳彩蝶歎了口氣道：「我本不想打擾您的。」

李長青冷冷望著她，這裡是飛鷹堡，他可以掌控任何人的生死，羅獵給他的這份報紙只是冰山一角，如果吳彩蝶就是風九青，那麼她和那男孩的到來將會給自己引來一場無妄之災，李長青不是個怕事的人，比起這場隨時都可能到來的災難，讓他真正感到恐懼的是妻子的身分，如果吳彩蝶是風九青，那麼妻子又擁有怎樣的背景？

吳彩蝶道：「我就是風九青，金花不是我的表姐，她其實是我的妹子。」

李長青的內心如同被重錘擊中，事到如今，就算發生更詭異的事情他也只能接受。在他印象中溫柔賢淑，善良單純的妻子卻有那麼多的事情瞞著自己，李長青的內心在滴血。

風九青道：「她叫風千金，因為自小就被我爹送給了別人，所以少有人知道她和我們風家的關係。」

李長青感覺呼吸困難，他慢慢坐下，低聲道：「你知不知道她的下落？」

風九青居然點了點頭。

李長青愕然望著她，此時他方才意識到這個看似平凡甚至讓人感到笨拙的女人其實是個極其厲害的人物。李長青道：「把她交給我，我保你母子平安。」

風九青道：「你的保證對我一錢不值。」

李長青因她的這句話而憤怒，冷冷道：「風九青，別忘了你在什麼地方！」

風九青道：「如果我們母子能夠平安渡過今晚，明天你自然會見到她。」

李長青從她的話語中聽出了某種不同尋常的意味，皺了皺眉頭道：「你害怕什麼？」

風九青道：「我的仇家已經到了飛鷹堡，也只有你才能幫我對付他。」

李長青道：「你的仇家是誰？」

蓬！一聲驚天動地的爆炸聲從外面響起，震得地動山搖，風九青的身軀晃動了一下，並沒有倒地，李長青下意識地抓住椅子的扶手，他望著臨危不亂的風九青，越發覺得此女的可怕，李長青大吼道：「來人，把她帶走！」

爆炸接二連三響起，爆炸就發生在飛鷹堡的內部，飛鷹堡的多個崗哨被炸毀，李長青根本不用想就知道問題出在他們飛鷹堡的內部。他一邊派人去查看爆炸現場，一邊讓人去檢查那些入谷的客人。

這兩天，飛鷹堡來了三股不同的勢力，徐北山的特使團、張同武的特使團、還有來自狼牙寨的蘭喜妹一行。

這三股勢力都在李長青的嚴密監視下，李長青並不認為他們有時間去佈置並實施爆炸。根據負責監視三方的人回來稟報，這三方完全可以排除嫌疑，有一場爆炸還發生在張同武使團的住處，張同武派來的七人使團死傷慘重，此前自行刺瞎一隻眼睛的崔世春沒能躲過這場爆炸襲擊，喪命當場，和他一樣被炸死的還有五人，僅有倖存的一人也被炸成重傷。

負責留守的阿諾、陸威霖、鐵娃三人都來到空曠的谷底廣場集合，蘭喜妹和她的手下也來到了這裡，所幸他們都沒有受傷。

蘭喜妹向鐵娃招了招手道：「他們回來了沒有？」

鐵娃搖了搖頭，提醒蘭喜妹道：「咱們好像被包圍了。」

包圍他們的是李長青的人，蘭喜妹環視那幫荷槍實彈的飛鷹堡土匪，不屑地哼道：「都是傻子嗎？這些爆炸跟咱們沒有任何關係……」她的話音未落，在靠近崖頂的崗哨再次發生了爆炸，從右側山坡上煙塵四起，落石紛紛而下。

眾人慌忙躲避，仍然有數名不及躲避的土匪被落石砸中。

阿諾感歎道：「姥姥的，是個高手啊。」

陸威霖道：「你不也是高手？」

阿諾彷彿沒有聽到他的話，側耳傾聽道：「你們聽！」

陸威霖的耳朵還因為剛才的連番爆炸處於嗚響中，他聽不到任何的異常，不知阿諾所指的聽是什麼。

鐵娃道：「好像有嗡嗡的聲音！」

陸威霖道：「這就是震耳欲聾！」

蘭喜妹卻搖了搖頭道：「不對，是飛機！」

阿諾在同時做出了和她相同的判斷，大吼道：「有飛機，快！快躲起來！」

剛才的幾次爆炸只是序曲，那幾次爆炸，摧毀了飛鷹堡位於谷頂的幾處高堡，也讓飛鷹堡佈置在關鍵部位的重機槍失去了功效。三架飛機在昏暗天色的掩護下排列成人字，飛臨到飛鷹堡的上方。

這些土生土長的土匪大都不知這些新奇玩意兒的威力，在阿諾發出警告之後，少有人做出及時的反應，就在他們仰首觀望之時，一顆顆炸彈從空中墜落，在谷底空曠場地躲避爆炸的土匪們成為了鮮明的靶子。

爆炸聲再度響起，這一輪的爆炸要比此前更加慘烈，集中在廣場上的土匪根本來不及尋找隱蔽的地方，炸彈在人群中爆炸，火光沖天中，血肉橫飛，現場瞬間成為了人間煉獄。

已經無人顧得上監視蘭喜妹幾人的舉動，他們也是最早反應過來的一批，在空襲展開之時，幾人已經迅速躲進了附近的山洞中。

蘭喜妹幾人無一不是見慣風浪，可是看到炸彈從天而降的場面，那些無力反抗的飛鷹堡人被炸得支離破碎，他們也不禁感到太過殘忍。陸威霖怒道：「王八蛋，誰的飛機？」

阿諾和鐵娃同時望向蘭喜妹，雖然徐北山願意提供飛機，可是他們這次並未採用，所有人中，有可能動用飛機的只有蘭喜妹了，畢竟他們此前就在凌天堡內發現了一架飛機。

蘭喜妹從他們的目光中看出他們在猜疑什麼，怒道：「看什麼看？老娘總不至於蠢到要把自己給炸死？」

陸威霖從地上撿起一杆步槍，瞄準空中的目標，射了兩槍，卻因距離太遠不得不作罷。

三架飛機將所有彈藥投完之後迅速離去，而爆炸仍未結束，在飛鷹堡谷口的地方傳來一聲更加劇烈的爆炸。

蘭喜妹趴在地上仍然感覺得到這次爆炸前所未有的威力，灰塵漫天中，她接連咳嗽了幾聲，平息之後道：「壞了，谷口可能被封住了。」

飛鷹堡雖然佔據地利，易守難攻，但是也有一個致命的缺點，一旦谷口被封，所有人就會被困在其中，當然飛鷹堡有足夠的糧食儲備，短期內不至於被困死，但是面對剛才的空中襲擊他們根本沒有反手之力，谷底廣場之上到處都是橫七豎八的屍體。

李長青呆呆站立在廣場的邊緣，硝煙尚未散盡，眼前的一切慘絕人寰，耳邊到處都是慘叫聲哀嚎聲，李長青從未想過自己引以為傲的堅固堡壘竟如此不堪一擊，他甚至還沒有看清敵人的模樣，就已經遭遇到前所未有的沉痛打擊，對方是有目的的在營地內部引發爆炸，利用開始的爆炸將惶恐的人們集中到廣場上，然後再發動空襲，將一顆顆炸彈扔向廣場。

不遠處一隻染滿鮮血的手竭力伸向李長青，李長青走過去，握住那隻手，他已經辨認不出這氣息奄奄的傷者究竟是誰，只聽到那傷者用微弱的聲音道：「大當家……照顧好我兒子……」話未說完已然氣絕。

李長青的眼睛紅了，他掏出手槍轉身向後方走去。

風九青抱著家樂，在陣陣爆炸聲中，這孩子居然睡著了，風九青的表情鎮定如故，她抬起頭看到帶著硝煙味道，臉色鐵青雙目血紅的李長青，李長青舉起手槍，槍口對準了熟睡中男孩的額頭，一字一句道：「我再問你一次，你的敵人到底是誰？」

風九青道：「藤野家族，他們會傾巢出動。」

「為什麼？」

風九青輕輕撫摸著家樂的小臉：「為了這個孩子。」

李長青的面孔因痛苦而扭曲，他終究還是沒有扣動扳機，緩緩將槍口垂落，搖了搖頭道：「你們母子帶來了一場浩劫。」

風九青道：「註定的，就算我們不來，你們也是在劫難逃。」

「胡說！」

風九青笑了起來：「你關押的那隻怪物逃走了對不對？」

李長青如同被人兜頭澆了一盆冷水，他心底最大的秘密竟然被對方毫不留情地揭穿，他的第一反應是羅獵和風九青可能是一夥的，不過風九青接下來的話卻洗清了羅獵的嫌疑。

「解鈴還須繫鈴人，你只需幫我對付藤野家族，我就還給你一個完整的家庭。」

李長青顫聲道：「都是你做的……全都是你做的……」

風九青道：「藤野家族的手段絕不僅僅限於此，無論你情願與否，咱們都已經處在一條船上，你不幫我，就只有死路一條！」她說這句話的時候，目光陡然變得如寒冰般徹骨，凜冽的殺氣讓習慣於殺戮的李長青內心一顫。

接二連三的爆炸讓身處在森羅溝內的羅獵三人也是為之側目，羅獵看到從空中掠過的飛機。張長弓指著那飛機道：「出事了！」

老魯臉色陰沉道：「還用你說！」

羅獵向老魯道：「咱們還是儘快回去吧？」

老魯搖搖頭道：「現在回去只怕晚了。」他突指向前方道：「那是什麼？」

羅獵和張長弓循著他所指的方向望去，卻見不遠處的地面上有一件上衣。老魯主動請纓道：「我過去看看。」

羅獵道：「好啊！」

張長弓本想和他同去，卻被羅獵的目光制止。

老魯方才向前走了一步，羅獵卻閃電般出手，一記掌刀重擊在他的頸後，就連張長弓也不明白為何羅獵會突然向老魯出手？羅獵這次重擊將老魯擊倒在地。

此時他們身後的密林中傳來一陣拉動槍栓的聲音。

羅獵抓起老魯，將他拖到可以隱蔽的山岩後方，朗聲道：「不要他性命的只管過來！」

張長弓這才明白他們中了老魯的圈套，揚手給了老魯一記耳光，這一巴掌將老魯的半邊面孔都給打腫了，老魯也因為這記耳光清醒了過來，看到架在脖子上的尖刀，頓時清楚了自己的處境，卻裝出一副愕然的樣子：「你……你們這是做什麼？」

羅獵道：「老魯啊，騎熊的是你朋友對不對？你將我們引入這裡，想讓他把我們幹掉，只是沒想到會失敗，所以你才繼續將我們引入這裡。」

老魯道：「都不知道你在說什麼？」

「你一定明白，飛鷹堡發生了爆炸，你身為四當家，首先想到的難道不是去救李長青？說什麼已經晚了？看來李長青的性命對你來說並不重要。」

老魯此時方才知道自己究竟在何處露出了破綻，他冷冷望著羅獵道：「你以為自己出得去嗎？」

周圍傳來窸窸窣窣的聲響，張長弓舉目望去，只見數十具遍體鱗傷的殭屍從林中走了出來。張長弓怒道：「他娘的，這廝居然在森羅溝中藏了殭屍。」

羅獵道：「果然有古怪。」

老魯道：「你殺不了我，哈哈哈……」他爆發出一聲狂笑，突然不顧一切地向羅獵撲了過去，羅獵出手果斷，手中匕首閃電般抹過他的咽喉。

老魯的咽喉被割開一條寸許長的血口，他捂住咽喉，掙扎著向後方跑去，在奔跑的途中，鮮血不停湧出，可他咽喉的傷勢卻也在迅速癒合。

張長弓咬牙切齒道：「全都是怪物！」

地面劇烈震動起來，一個渾身銀白的男子騎在一頭巨熊上緩緩步出雪松林。

張長弓向羅獵道：「老魯和那些殭屍交給你，這頭熊我來對付！」他說完已經大踏步向那騎熊人衝了過去。

騎熊人彎弓搭箭向張長弓咻咻咻接連射出三箭，張長弓也以驚人的速度回敬了三箭，羽箭劃出六道疾電，在虛空中鏃尖彼此相撞，而後又掉落在地上。雙方向前衝擊的勢頭卻沒有因為射箭而有任何減緩。張長弓原地騰躍而起，超越了巨熊的高度，於空中踢出一腳，試圖將熊背上的男子一腳踢落。

巨熊揚起右掌，勢大力沉的熊掌向張長弓身上拍去，張長弓毫不畏懼，右腿和巨熊的右掌硬碰硬撞擊在一起，巨熊這巴掌強大的力量將張長弓如同秋風掃落葉一般拍得橫飛了出去，張長弓躺倒在地上不知是死是活。

騎熊男子臉上浮現出一絲不屑的神情，在他看來張長弓剛才的行為無異於飛蛾撲火，以卵擊石，簡直是自尋死路。

羅獵擎刀已經殺入了殭屍群中，那群殭屍對羅獵紛紛閃避，羅獵揚起手中刀，左劈右砍，宛如砍瓜切菜一般將那些殭屍的頭顱砍下，老魯的頸部傷勢也已經完全癒合，他舉槍瞄準羅獵，被羅獵一刀就將槍桿劈成了兩半。

羅獵二次揮刀向老魯攔腰砍去，老魯接連兩個倒翻，身法靈活宛如猿猴般沒入雪松林內。

巨熊來到倒地不醒的張長弓面前，張開巨吻，準備一口將張長弓的頭顱咬下，張長弓卻在此刻睜開了雙目，雙手探出，分別抓住黑熊的上下兩頜，奮起神力，爆發出一聲怒吼，竟然硬生生將黑熊腦袋從嘴巴撕開成為兩半。

巨熊身軀雖然強悍，卻也無法在頭顱被撕成兩半之後繼續生存，宛如小山一般的龐大身軀轟然倒塌，那銀色肌膚的男子慌忙從熊背上躍下。

張長弓不等他出擊，已經合身撲了上去，兩人展開貼身肉搏。你來我往，拳腳相交，只聽到乒乒乓乓，拳拳見肉。

羅獵清除了那幾十名殭屍，看到貼身肉搏的兩人，也感到心驚肉跳，不過他並不為張長弓擔心，張長弓無論自癒力還是抗擊打能力在當世之中都極其罕見。那騎熊人就算身體強橫，在這種貼身纏鬥中也無法占到便宜。

羅獵舉目向周圍望去，他更關心老魯的去向，老魯已經逃入雪松林，羅獵暫時收起前去追擊的念頭，逢林莫入是其中一個原因，還有就是他對此地的環境並不熟悉。

張長弓和騎熊人的打鬥也進入了關鍵時刻，兩人的身體都非常強橫，他們不約而同地選擇了放棄防守，一味進攻，你打我一拳，我踢你一腳，這種打法對彼此的抗擊打能力要求非常嚴苛，張長弓雖然擁有強大的自癒能力，可並不是沒有痛覺，每次被擊中，都讓他痛徹心扉，他堅信對方也是一樣，在自癒能力方面張長弓顯然是要超出騎熊人許多的，打在騎熊人面孔上的一拳撕裂了對方臉部的皮膚，到現在仍然沒有完全癒合。

張長弓決定儘快結束這場纏鬥，故意賣出一個空檔，對方以為找到了破綻，一拳向張長弓當胸打去，這一拳正中張長弓的心口，張長弓卻在同時一記勢大力沉的勾拳，這一拳狠狠擊打在對方的下頜，將騎熊人打得倒飛了出去，魁梧的身軀正落在羅獵的腳下，羅獵趁機補上一腳，一腳踢在騎熊人的腦袋上，騎熊人雖然頑強，也承受不住接連兩次重擊，只感到眼前金星亂冒，天旋地轉，喪失了戰鬥力。

張長弓衝上去利用繩索將這廝的手臂擰了起來，雙手雙腳捆在一起，乍看上去，騎熊人如同被捆成了一張弓。

張長弓抓住他的頭髮大吼道：「說，誰派你來的？」

騎熊人口中滿是鮮血，他惡狠狠望著張長弓，口中嘰哩咕嚕不知在說什麼，張長弓認為這廝十有八九在咒罵自己，反手又是一記耳光。

雪松林中劈啪作響，臨近雪松林邊緣的兩棵大樹轟然倒地，羅獵和張長弓的注意力全都被吸引了過去，卻見樹林之中一頭巨大的野豬走了出來，那兩棵雪松因為阻擋了牠的道路，野豬乾脆利用寒光森然的獠牙將雪松拱倒。

張長弓倒吸了一口冷氣，這頭野豬的個頭甚至比自己剛剛獵殺的黑熊還要大一些，這不是野豬，壓根就是野豬精。野豬的周身覆蓋著黑毛，黑毛無法將牠厚厚的皮膚徹底遮蓋，暴露出的部分油光滑亮，張長弓憑藉豐富的打獵經驗判斷，野豬的體外應該塗滿了油脂，這些油脂經年累月形成，包裹外皮，形成一層厚重的護甲，防禦力極強，普通的弓箭無法射穿，甚至可以抵禦子彈。

野豬停下腳步，一雙血紅色的小眼睛死死盯住了張長弓。張長弓低聲道：「你帶他先走，我來應付……」他的話還沒有說完，那頭野豬已經如同一輛裝甲車般向他徑直衝了上來。

張長弓射箭已經來不及了，他對自己強悍的體格頗為自信，迎著野豬衝了上去，準備照著這龐然大物的鼻子狠狠給上一拳，可野豬奔跑的速度顯然超出他的想像，四條小短腿以肉眼無法判斷的頻率擺動著，野豬快如疾電般衝到了張長弓的面前，不等張長弓完成揮拳的動作，巨大的頭顱一低，然後猛地一揚，將張長弓整個從地上掀了起來，宛如一片枯葉般掀到了半空之中。

羅獵幾乎和張長弓同時啟動，手中三柄飛刀猶如連珠炮一般射向野豬，野豬將一雙小眼閉上，三柄飛刀接連撞擊在野豬厚重堅韌的皮膚上，壓根無法突破野豬的肌膚，就先後彈射開來，掉落在地上。

野豬掀翻張長弓之後，繼續向羅獵衝去，羅獵也迎著野豬衝了上去，在距離野豬還有一丈左右的地方騰躍而起，右腳在野豬寬厚的背脊上輕輕一點，然後借力在空中連續兩個翻滾，穩穩落在了野豬身後的地面上。

野豬前衝勢頭太猛，發現突然失去了目標，想要停下腳步已經來不及了，慣性讓牠龐大的身軀繼續向前衝去，撞擊在前方的一棵雪松之上，將那棵雪松齊根鏟斷。

野豬扭轉頭顱，雖然反應及時，可是牠臃腫龐大的身軀卻無法及時作出反應。更麻煩的是，牠的兩顆長獠牙嵌入折斷的雪松樹幹之中，一時間無法擺脫。

張長弓此時已經從地上爬了起來，彎弓搭箭瞄準野豬的後庭就是兩箭，那野豬也是極其狡黠，短短的豬尾牢牢護住後庭，將兩支羽箭阻擋在外，牠急於轉身，頭顱奮力一揚，竟然將折斷的雪松挑了起來。

張長弓看到射箭無法奏效，趁此時機大踏步衝了過去，這次他直接爬到了那野豬的背上。

野豬感覺背上多了一人，激起了牠的暴戾之氣，不顧一切地向前方雪松林衝去，全然不顧獠牙上還挑著一根樹幹。樹幹在雪松林中接連碰撞，終於從獠牙上掉落下來。

張長弓將隨身的繩索打了個活結，拋了出去剛好套住這野豬的腦袋，手臂向後牽拉，繩索收緊，如同在野豬的脖子上套了根韁繩。

野豬沒命向雪松林衝去，已經顧不上被俘虜的騎熊人。

羅獵擔心張長弓有所閃失，全力追趕著那頭野豬。

張長弓魁梧的身軀在野豬的身上不斷顛簸，他雙腿夾緊了野豬，左手死死拉住繩索，右手揚起羽箭向野豬的眼睛扎去，可這頭野豬也是極其狡詐，一雙小眼睛緊緊閉死，箭鏃根本無法扎透牠堅韌的表皮。

野豬撒開四蹄在雪松林中橫衝直撞，宛如摧枯拉朽一般在雪松林中硬生生撞出一條道路。

雪松林內一頭驚慌失措的麋鹿和野豬撞在一起，骨骼盡碎，慘死當場。

張長弓騎在野豬背上，從他的角度率先看到前方有一條扭曲的壕溝，那壕溝就隱藏在雪松林深處，不知深度幾何，壕溝的寬度要在十米左右，恐怕這野豬根本無法跳過，張長弓暗叫不妙，他準備在野豬衝到壕溝之前從牠的背上跳下。

可那瘋狂奔跑的野豬卻突然間停下了腳步，毫無前兆的停步，讓張長弓還沒來得及跳離就因強大的慣性而從野豬的背上飛起，他的身軀徑直飛入了壕溝，張長弓死死抓住繩索，幸虧這根繩索，他方才沒有直接掉下去。

野豬此時睜開雙目，一口叼住繩索，準備用獠牙扯斷這根繩索的時候，羅獵也已經趕到。

羅獵並未直接對野豬展開攻擊，而是先行攀援到雪松之上，居高臨下瞄準了野豬的腦袋開了一槍，子彈射在野豬的大腦袋上馬上被堅韌的外皮彈射出去。

野豬卻因為這次重重的射擊腦袋抖動了一下，牠乜起一隻小眼，看到雪松上的人影，暫時放棄咬斷繩索的打算，緩緩向雪松靠近。

羅獵舉槍瞄準野豬的腦袋又接連開了兩槍，他知道子彈對這皮糙肉厚的傢伙起不到任何作用，不過他的本意也不是射殺這頭野豬，他只是想激怒牠。

野豬向羅獵所在的雪松每走近一步，張長弓就被拖拽著向上移動了一段距離，終於他被重新牽扯到壕溝的邊緣，單手抓住岩石，此時繩索猛然傳來一股大力，張長弓再也拿捏不住，繩索被從他的左手中抽離，張長弓雙手攀住壕溝的邊緣，雙膀用力從壕溝邊緣爬了上去。

張長弓剛剛爬到上面，還沒有來得及喘息，就看到前方一棵雪松轟然倒塌，雪松倒伏的方向正是朝著他而來，張長弓嚇得原地翻滾，雖然反應不慢，可仍然有雪松的枝條砸在他的身上，一時間冰屑瀰漫。

那棵倒伏的雪松正是羅獵剛剛藏身的地方，他接連開槍已經將野豬激怒，野豬利用強橫的身體衝撞雪松，竟然將雪松拱斷，羅獵抓住樹幹，那雪松橫亙在壕溝之上，在兩岸間架起了一根獨木橋，羅獵的位置卻非常危險，他懸空吊在壕溝的上方。

野豬非常狡猾，看到雪松雖然倒伏，卻並未掉入壕溝中，於是低頭去拱樹幹，想要將這棵折斷的雪松推入壕溝。

野豬一心一意地推動雪松的時候，張長弓從一旁衝了上來，這次前衝的速度極其驚人，野豬甚至沒能看清他的動作，就被張長弓用肩頭重重撞擊在側面。目睹羅獵的處境危在旦夕，張長弓激發了所有的潛力，他的力量和速度達到了巔峰，全速的撞擊竟將體型龐大的野豬撞得一個踉蹌，噗通一聲跌倒在地。

張長弓趁著野豬還未爬起，一把揪住了野豬後腿之間的命根子，怒吼一聲，竟然硬生生將那根東西從野豬的身上扯了下來，野豬發出一聲哀嚎，失去命根子的恐懼和劇痛，讓牠居然顧不上對付張長弓，牠踩著那根倒伏的雪松試圖逃向壕溝的對岸。

這野豬顯然沒有過獨木橋的靈巧身手，在雪松上沒走幾步，腳下一滑，龐大的身軀跌倒在樹幹上，雪松因承受不住壓力，一端偏移，先是野豬哀嚎著從樹幹上跌落下去，然後整條雪松掉落下去。

羅獵還沒有來得及逃脫困境，隨著雪松一起向下墜落。

張長弓大踏步向前衝去，試圖展開救援，可他抵達裂縫邊緣的時候已經晚了，雪松和野豬先後掉落下去。

張長弓不知下方究竟有多深，衝著下面大吼一聲：「羅獵！」他的聲音在裂縫中迴盪。

羅獵的聲音很快就從下方回應：「我在啊！」

張長弓定睛望去，卻見那棵雪松雖然掉落到了地縫之中，卻只是一端掉入裂縫的底部，整根樹幹傾斜支撐在一邊的岩壁上，身處樹幹中間的羅獵並未直接掉入谷底。

羅獵距離底部還有不到十米距離，這裂縫之中遍佈犬牙交錯的岩石，岩石頂端大都極其尖銳，剛才的那頭野豬就失足落了下去，不巧被一根宛如角錐般的岩石透體而過，羅獵示意張長弓不必著急，他沿著傾斜的雪松樹幹小心走了下去。

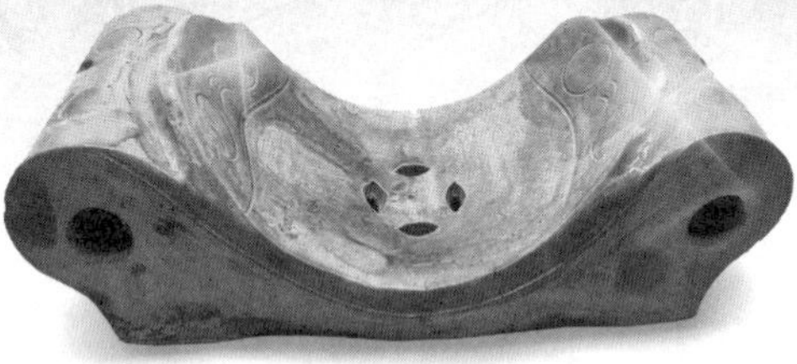

第四章

國師的墓穴

羅獵努力回憶著三泉圖上的內容，
關於貓熊蝙蝠的文字顯示，
這生物是在金國國師須彥陀的墓葬之中，
如果三泉圖的記載無誤，
那麼他們誤打誤撞進入了須彥陀的墓穴。

裂縫之中冰冷刺骨，底部全都是經年不化的寒冰，這條冰溝也不知存在了多少年頭，羅獵先來到那野豬的屍體旁，從已經失去生命力的屍體上解下繩索，從他現在所處的位置到上方大概有接近三十米的垂直距離，他可以先沿著雪松來到樹冠處，然後從那裡拋出繩索，只要張長弓抓住繩索的另外一端，將之固定，自己就可以輕鬆脫困。

羅獵將繩索盤好，正準備離去的時候，卻發現在不遠處的地方有一個人怔怔望著自己。

那人周身覆蓋鱗甲，五官卻生得極其清秀，羅獵一眼就認出眼前的怪人正是李長青的兒子李元慶，羅獵道：「李元慶……」

李元慶原本擺出了攻擊的架勢，可是聽到羅獵呼喚他的名字，卻突然改了主意，轉身向遠處逃去，羅獵大吼道：「你站住！」

羅獵快步追趕了上去。

張長弓並不知道下面發生了什麼事情，只聽到羅獵的呼喊聲，他決定徒手爬下這道壕溝，不可讓羅獵一個人單獨冒險。

羅獵追趕了兩百餘米，這冰溝曲曲折折，怪石遍佈，地理形勢非常複雜，更麻煩的是，前方白霧繚繞，李元慶衝入白霧之中就失去了蹤影。

羅獵不敢貿然前進，他暗自吸了口氣，利用自身的意識悄然探索著前方。

接二連三的爆炸讓飛鷹堡死傷過半，李長青決定背水一戰，他讓人將吳彩蝶母子嚴密監控起來，羅獵至今都沒有回來。

蘭喜妹已經從中嗅到了危險的味道，她和陸威霖、阿諾幾人碰了個頭，決定開始準備，從此前的爆炸來看，對方的目的是要屠戮飛鷹堡，根本不會在乎局外人的死活。

負責在外面望風的鐵娃明顯不安了起來，師父和羅獵去了那麼久都沒有回來，不知遭遇了什麼麻煩，一直以來他們兩人才是團隊的主心骨，如果他們不能及時回來，這紛亂的場面應當如何應付？

鐵娃正在六神無主的時候，不遠處一個穿著破舊棉衣帶著棉帽遮住大半個面孔的男子徑直朝他走來，鐵娃警惕地抬起頭，手中的彈弓牽拉開來。

那人在距離鐵娃兩丈處停步，手中的竹竿輕輕在地面上敲了敲道：「鐵娃，你不認得我了？」

鐵娃從聲音中辨認出對方的身分，驚喜道：「吳先生！您是吳先生！」

鐵娃驚喜的呼喚聲同時也驚動了室內密談的幾人，蘭喜妹率先走了出來，看到那拄著竹竿的男子，俏臉上不由得流露出幾分錯愕之色：「是你？」

來人正是吳傑，自從甘邊寧夏天廟之戰後，吳傑將羅獵從廢墟中背出，他隨後跟著陸威霖幾人去了白山，為陳阿婆治病，留下藥方後飄然離去，幾人都以為像吳傑而這種世外高人神龍見首不見尾，或許以後相忘於江湖，再無相見之日，卻想不到會在這裡遇到吳傑。

他們這次來到飛鷹堡都以各種不同的身分，而吳傑作為一個盲人，想要進入飛鷹堡所面臨的困難顯然要比他們更大一些。

每個人都知道吳傑的本事，這群人中無論醫術還是實力能夠和吳傑比肩的只怕一個都沒有。蘭喜妹從最初的錯愕中回過神來，對他們來說吳傑是友非敵，在羅獵尚未回來的狀況下，吳傑的現身無疑是出現了一盞明燈。

蘭喜妹笑道：「吳先生請進，我們剛好有許多事求教於您呢。」

吳傑道：「此地不宜久留，跟我來吧。」

他拄著竹杖繼續向前方走去，身後幾人對望了一眼，他們瞬間都做出了決定，跟隨吳傑馬上離開了這裡。

他們這邊剛剛離開，李長青就派人包圍了這裡，吳傑站在洞口的一塊岩石上，低聲道：「飛鷹堡的四當家老魯回去了，不知說了什麼，李長青想要將你們先抓起來。」

蘭喜妹利用望遠鏡已經看到了下方的情景，她將望遠鏡遞給陸威霖，陸威霖看了看道：「我有把握將他幹掉。」

吳傑道：「只怕未必。」

他們藏身的洞窟位於半山，這裡應當荒廢了一段時間，不知吳傑是如何找到的。

吳傑在一塊岩石上坐下，阿諾湊了過去，樂呵呵道：「吳先生，您怎麼知道我們來了？」

吳傑道：「我在這裡有一段時間了，如果不是你們破壞了我的計畫，我也不會跟你們相見。」

蘭喜妹心中暗忖，吳傑看來潛入飛鷹堡有相當長的一段時間了，他肯定不會是突發奇想落草為寇，此人心思縝密，必有他的理由，或許他對飛鷹堡的內情要比他們清楚得多。

蘭喜妹道：「說來倒是我們壞了吳先生的好事了。」

吳傑道：「你們來這裡又是為了什麼？」

蘭喜妹擺了擺手，示意她從凌天堡帶來的隨從去周圍警戒，提防李長青的人馬找到這裡。

蘭喜妹道：「收編。」

吳傑呵呵笑了一聲，顯然不相信蘭喜妹的理由。

蘭喜妹又道：「吳先生知不知道今天的空襲是誰發動的？」

吳傑道：「本來不知道，現在知道了。」

阿諾道：「日本人！」說話的時候看了蘭喜妹一眼，他認為蘭喜妹也是日本人，到現在也沒忘記蘭喜妹的日本名字叫松雪涼子。

吳傑道：「藤野家族不會輕易出動，這次鬧出那麼大的動靜，顯然是有備而來，我看，他們很快就會發動全面進攻。」

陸威霖道：「早晚都會有一戰，這次不是我們死就是他們死。」

吳傑道：「倒是有些志氣，聽說你們把藤野家的黑堡給炸了？」

這件事過去還算是一個秘密，可在羅獵接受徐北山的委託之後，就決定故意放出這個消息，一來是為了激怒藤野家族，二來是要將藤野家族吸引到這裡。

這群人中目前只有陸威霖是這起事件的親歷者，他並沒說話，只是笑了笑。

吳傑道：「炸得好，藤野家那種禍害全都死了才好。」

蘭喜妹一旁靜靜觀察著吳傑，她小聲道：「吳先生也是為了等藤野家？」

吳傑搖了搖頭道：「我過去有一位相熟的郎中，被飛鷹堡請來給李長青的老婆治病，病沒治好，人就此失蹤了，我懷疑他被李長青給害了，所以才來到這裡看看。」

「找到人沒有？」

吳傑搖了搖頭。

阿諾道：「那就是被李長青給害了。」

蘭喜妹道：「既然您找不到人，又不肯離去，一定是對李長青的老婆產生了興趣。」

如果是別人對自己說這種話，吳傑一定會認為是大不敬，可蘭喜妹說怎樣的話，吳傑都不會感到意外，此女行事詭異，善惡難辨。

鐵娃畢竟是小孩子，他覺得蘭喜妹的這番話說得是實在是太過分了，忍不住道：「吳先生不是這樣的人。」

本來別人也沒多想，鐵娃這麼一說引得眾人都笑了起來。鐵娃看到眾人都在笑，尷尬地摸了摸腦袋道：「我是不是說錯話了？」

吳傑也不禁莞爾，搖了搖頭道：「聽者無心言者有意。」

蘭喜妹道：「吳先生是怪罪我亂說話了，不過羅獵倒是見過這位夫人。」

吳傑道：「薩金花不是普通人，她應當是被黑煞附體。」

蘭喜妹道：「吳先生這麼關注她，應當知道她現在的下落？」

吳傑道：「她的死活與我無關，我只希望今天藤野俊生能來。」提到藤野俊生的名字，他的手用力握緊了竹竿，他和藤野家的恩怨終於要迎來了斷的一刻。

陸威霖道：「羅獵他們為何還沒有回來？」

吳傑道：「沒有人能夠攔得住他們兩個，不過那森羅溝可不是什麼好地方，他們恐怕遇到了點麻煩。」

羅獵和張長弓不但遇到了麻煩，而且麻煩還不小，張長弓徒手攀援到溝底，圍繞在羅獵身邊的霧氣變淡了許多，羅獵指了指右前方，張長弓循著他所指的方向望去，看到岩壁上有一個三角形的洞口，那洞口太過規整，邊緣極其光滑，一看就不是天然形成也，應當是人工雕琢而成。

張長弓道：「剛才我聽到你叫李元慶？」

羅獵點了點頭：「我看到了一個人。」

張長弓又向那三角形的洞口看了一眼道：「他是不是鑽到了那裡？」

羅獵道：「不清楚。」剛才的霧氣比現在要濃郁許多，羅獵雖然緊追不捨，可仍然沒有看到李元慶是否從這三角洞裡面鑽進去。

張長弓道：「那小子逃得夠快！」

羅獵道：「他的力量和速度不次於你。」

張長弓向那洞口走去，羅獵一邊觀望，一邊跟上張長弓的腳步，兩人來到洞口向裡看了看，這洞口完全可以容納一個人通行，張長弓道：「進去看看。」

不等羅獵做出決定，張長弓已經走了進去。

羅獵擔心他有所閃失，也趕緊跟了進去，張長弓打開手電筒，在地上發現了一連串的爪印，那爪印還是濕的，爪尖向內，證明有怪物向內逃離不久，連爪印都沒有乾透。

張長弓道：「就在裡面了。」

羅獵點了點頭，再往前走了幾步，發現地上的爪印無影無蹤，張長弓有些奇怪，這爪印怎麼突然消失了？羅獵揚起手電筒照射洞頂，發現頂部居然有一排爪印向外蔓延，爪尖指向洞外。

羅獵暗叫不妙，他低聲道：「快，離開這裡……」他的話還沒說完，就聽到外面傳來轟隆隆一聲巨響，從身後透入的光線被一塊巨石從外面擋得乾乾淨淨。

羅獵和張長弓來到洞口，他們合力去推那塊堵住洞口的石塊，兩人奮盡全力，那石塊都紋絲不動。

張長弓怒道：「娘的，讓人算計了！」

羅獵此時也唯有苦笑，想起李元慶只不過是個未滿三歲的孩子，心中越發無奈，李元慶根本不是因為害怕而逃走，他是有意識地將他們引到了這裡，指向洞內的腳印是他留下的不假，可他在進入洞內之後，改成從洞頂上方攀援離去，連羅獵都沒有看透他的佈局，和張長弓追入洞內之後，李元慶趁機封住洞口。

張長弓拍了拍那塊封住洞口的巨石道：「可能只有那頭野豬才拱得開。」

羅獵笑了起來：「車到山前必有路，咱們走進去看看。」他懷疑這條山洞是不是和此前關押李元慶的地方相通。

沒了選擇的他們只能繼續向前，走過剛才腳印中斷的地方，越走越是寬闊，可氣溫卻變得越來越冷，腳下四壁都已經變成了厚厚的冰層，他們已經來到一個天然的冰洞之中。

兩人都是體質強悍之人，張長弓用手撫摸了一下冰岩，低聲道：「在蒼白山有不少這樣的冰洞，存在了不知多少萬年。」

羅獵留意到的卻是冰面上的刻字，他的手指沿著字跡移動，卻沒有辨別出寫的是什麼，用手電筒的光束照亮這行字，發現只是一些象形的符號。

張長弓道：「過去有人來過。」

羅獵點了點頭道：「這就證明應當有出路。」他的語氣雖然非常肯定，可內心中並沒有把握。

再往前行看到冰岩內封凍著一隻巨大的蝙蝠，這蝙蝠體型大如禿鷲，翼展要在兩米以上。

張長弓驚歎道：「好大的蝙蝠！」

羅獵看到那被封凍在冰岩內的蝙蝠，蝙蝠的胸口有一條類似於黑熊心口的三角形白色毛髮，眼圈也是同樣的白色，羅獵道：「貓熊蝙蝠！」

張長弓聽他這麼說，再看那隻蝙蝠，點點頭道：「不錯，果然像貓熊。」

貓熊蝙蝠並非是羅獵給起的名字，他此前也沒有見過這種生物，只是在宋昌金的三泉圖上看到過牠的繪畫，根據記載，這種生物已經絕跡數萬年，這一隻之所以能夠保持如此完整是因為被封凍的緣故。

三泉圖上既然有貓熊蝙蝠的記載，那就證明羅家的祖上曾經來過這裡，羅家人以摸金盜墓為生，也就是說這附近應當有墓。

羅獵努力回憶著三泉圖上的內容，關於貓熊蝙蝠的文字顯示這生物是在金國國師須彥陀的墓葬之中，如果三泉圖的記載無誤，那麼他們誤打誤撞進入了須彥陀的墓穴。

因為洞口被封，兩人也沒有了其他的選擇，只能選擇繼續前行，冰洞傾斜上行，因為冰面濕滑，兩人不得不選擇手足並用，在寒氣森森的冰洞中艱難行進，冰洞地形複雜，宛如迷宮，兩人全憑感覺在其中行走，有幾次兜了個圈子發現又回到原地，還好兩人在探路方面都是超出常人，雖然走了不少冤枉路，可總體的方向並未出現太大偏差。

在狹窄的冰洞中弓腰穿行了接近半個小時，前方豁然開朗，這是一個千古冰岩侵蝕形成的天然大廳，冰洞似乎也走到了盡頭。他們分頭尋找出路，在環繞冰洞一周之後，發現了一面高達數十米的垂直冰壁，距離地面十米左右的地方有一個洞口，張長弓利用匕首沿著冰壁爬了上去，然後又將繩索放下，羅獵抓住繩索迅速爬上了冰岩，在攀爬能力方面，很少有人能夠比得上張長弓。

張長弓在接受安藤井下的注射之後，很長一段時間擔心自己會發生變異，可隨著時間的推移這種擔心也漸漸變淡，他的外貌並沒有發生任何的變化，只是擁有了超強的自癒能力，同時其他方面的能力也有所增強，看來安藤井下後期研製的藥物已經將化神激素的副作用減低到最小。

兩人繼續前行，前方不遠處有一道冰裂，裂口在三米左右，這樣的距離難不住他們，兩人輕輕一躍就跨過了裂口，羅獵在冰裂的對面發現了鑿痕，張長弓低聲道：「看來有人來過。」

羅獵摸了一把鑿痕，在周圍還有許多細碎的冰屑，由此看來，鑿痕應當是剛留下不久，羅獵趴伏在冰面之上，利用手電筒的光束照向平面，可以看到淺淺的腳印，從腳印鞋底的花紋來看和他們兩人所穿的相同，都屬於徐北山軍隊統一下發的軍靴。

羅獵向張長弓點了點頭，張長弓無聲說出了一個名字——宋昌金。

穿這種制式軍靴的只有他們幾個，而潛入森羅溝的人更少，通過排查不難判斷來人就是宋昌金。

這一發現讓兩人感到驚喜，如果能夠找到宋昌金，有他帶路不難走出去。

兩人往前走了幾步，聞到一股硝煙的味道，不由得加快了腳步，沒走多遠就看到前方的冰壁現出一個巨大的缺口，那缺口顯然是通過爆炸產生的。

夜幕降臨，整個飛鷹堡內呈現出前所未有的悲涼與落寞，初步的統計表明，在幾次爆炸之後，飛鷹堡約有一半人被炸死，這還沒有算上重傷者。

李長青表情凝重，內心中充滿了前所未有的沮喪，一直在他眼中固若金湯的飛鷹堡竟如此不堪一擊，在山溝溝裡打打殺殺稱王稱霸並沒有提升他的眼界，滿清覆滅，時代劇變，幾杆步槍打天下的時代徹底結束，面對飛過他們上空的飛機他們束手無策，只有引頸待宰的份兒。

老魯來到他的身邊，派出去的人並沒有找到蘭喜妹那些人。

李長青聽到這個消息，緩緩搖了搖頭道：「找不到就算了，事到如今，他們已經不重要。」

老魯道：「我看他們就是內應，我查過這幾天出入飛鷹堡的記錄，只有他們三批人馬進入咱們飛鷹堡，偷偷在飛鷹堡內安置炸藥的一定是他們。」說完停頓了一下，咬牙切齒道：「就算掘地三尺，我也要把他們找出來。」

李長青道：「現在找到他們又有什麼用？死去的人能夠復生嗎？」

老魯沒有說話，死過的人當然無法復生。

李長青抬頭看了看夜空道：「今晚所有人都不可休息。」

老魯道：「大哥，您覺得他們還會發動襲擊？」

李長青點了點頭，不是懷疑，是肯定的，這場慘絕人寰的災難是風九青母子帶來的。

一聲淒厲的狼嚎從上方響起，眾人舉目望去，卻見正北側的山崖之上，一頭蒼狼傲然挺立，背後一輪又圓又大的月亮緩緩升騰而起。

老魯道：「今兒是十五！」

不遠處正在打掃戰場的人們忽然慌亂了起來，因為他們看到在右側的山崖上，十多道青灰色的身影正攀援著崖壁以驚人的速度下降。

李長青看不清那飛速移動的身影是什麼，但是他憑直覺判斷必然是敵人，李長青大吼道：「開火！」

所有擁有武器的人舉槍瞄準了那移動的身影，一道道火線交織成火力網向那移動的生物覆蓋而去，那些生物並沒有急於進入谷內，而是以驚人的速度，敏捷的身手在懸崖之上穿行。

蘭喜妹幾人也被槍聲驚動，他們看到了對側崖壁上的情景，陸威霖端起步槍，從瞄準鏡中觀察放大身影，看了一會兒，陸威霖低聲道：「狼！」

蘭喜妹道：「你見過懸崖上行走如履平地的狼？」

鐵娃搖了搖頭，他是沒見過的。

阿諾道：「莫非是狼人？」他所說的狼人是西方傳說中的怪物，每到月圓之夜狼人就會變身。

蘭喜妹道：「牠們顯然在吸引火力。」

吳傑雙手握住竹竿站在後方，他雖然看不到，可是從密集的槍聲也能夠感覺到現場形勢的危急。

陸威霖鎖定了目標，開了一槍，子彈扯出一條筆直的火線，正中一頭奔跑的青灰色身影，從牠的眼睛射入，那生物發出一聲哀嚎，從懸崖上直墜而下。

阿諾讚道：「好槍法！」卻見陸威霖又取出了一顆閃爍著藍色光芒的子彈。

李長青很快就意識到那些在崖壁上奔跑的生物目的只是為了吸引他們的火力，耗費他們的彈藥，李長青想起自己的軍火庫，唇角露出一絲冷笑，就這樣打上三天三夜，飛鷹堡的彈藥也不會用光。

不過他們射擊了那麼久到現在仍然沒有一槍命中目標，不知是因為那些生物跑得太快，還是牠們根本就是刀槍不入。開火進行了十多分鐘後，總算傳來了一個好消息，他們射中了一個目標，那目標掉下了懸崖。

手下人將俘獲的屍體拖到李長青的面前，李長青本以為是一頭狼，可走近一看那生物只是長著一顆狼的頭顱，體型比狼要大上許多，前肢比後肢要短，身體更像是人類。

圍觀的眾人全都倒吸了一口冷氣，他們在蒼白山縱橫那麼多年，還從未見過如此古怪的生物。

李長青的心情變得越發沉重，他轉身離開了現場。

風九青規規矩矩坐在那裡，家樂就睡在床上，對李長青的再次造訪，她並沒有感到驚奇，輕聲道：「外面打得好熱鬧？是不是有人攻進來了？」

李長青道：「那些究竟是什麼怪物？」

風九青道：「怪物？」她雖然沒有出門卻知道李長青問的是什麼，點了點頭道：「藤野家族曾經從古西夏的天廟中得到了一本書，那本書叫《黑日禁典》，傳說是西夏的一位國師所著，根據那本書可以召喚出許許多多的怪物。」

換成過去李長青一定不會相信這荒誕的故事，可剛才的親眼所見讓他無法不信，他低聲道：「他們為什麼要抓你們母子？」

風九青呵呵笑了起來：「抓我們？他們的目的只怕不僅如此。」她盯住李長青道：「一個三歲的孩子居然長得如成人一般，你不覺得奇怪？」

李長青望著風九青，雙目之中殺機凜然，他當然明白風九青所指的是什麼。

風九青道：「這世上沒有不透風的牆，我只知道他之所以變成這個樣子也和那本書有關。」

李長青怒道：「你胡說！」

風九青道：「是不是胡說，你心中明白，薩金花？哈哈哈……你對她的過去又瞭解多少？」

李長青再也按捺不住心中的憤怒，他掏出手槍，槍口瞄準了風九青的額頭，低吼道：「我斃了你這個賤人！」

風九青毫無懼色地望著黑洞洞的槍口，槍口在她的注視下竟然變形扭曲。

李長青感覺掌心灼熱，再也拿捏不住手槍，失手將槍丟在了地上，他望著地上業已變形的手槍，內心中充滿了震撼。

風九青道：「你殺不了我，我如果想殺你，就像踩死一隻螞蟻。」

李長青感覺自己的心跳突然開始加速，彷彿隨時都要跳出胸膛，他痛苦地捂住心口，耳邊傳來風九青冷漠的聲音道：「滾！」

羅獵並沒有花費太大的功夫就找到了宋昌金，發現這老狐狸的時候，他正沿著一條繩索下滑，試圖進入一條狹窄的冰裂。

張長弓抽出匕首，將匕首搭在繩索上，然後清了清嗓子。

宋昌金因這突然出現的人聲嚇了一跳，抬起頭來，看到上方的兩人，張長弓作勢要去割斷繩子，宋昌金嚇了一跳，慘叫道：「別啊，是我！」

張長弓仍然繼續進行著切割動作，宋昌金討饒道：「是我啊，我是老宋！」

張長弓道：「知道是你！」

宋昌金苦著臉道：「大侄子，我可是你親叔叔，是你在世上唯一的親人。」

羅獵笑道：「你這種親人有沒有都無所謂，老張，送他一程。」

張長弓應了一聲。

宋昌金求饒道：「別這樣啊，我錯了，全都是我的錯，大侄子，我什麼都告訴你，什麼都交代。」

羅獵擺了擺手，張長弓收起了匕首，宋昌金看出兩人應當沒有殺死自己的念頭，趁機沿著繩索向下溜去，只要他落到實地，仍然有擺脫兩人的機會。

張長弓卻早已意識到這一點，抽出一支羽箭拉開弓弦，鏃尖瞄準了宋昌金的脖子，帶著譏諷道：「老宋啊，不如咱們比比看，是你跑得快還是我的箭快。」

宋昌金的腳已經落在實地之上，他對張長弓的箭法再清楚不過，站在原地一動不動道：「誰要跑了，都說我什麼都交代，我是先下來等著你們。」

羅獵抓住繩索，用手拽了拽確信能承受自己的重量，然後迅速向下滑落。

宋昌金看到他矯健的身姿，嘖嘖讚歎道：「到底是年輕人厲害，我可沒有你這樣的身手。」落在人家的手裡，當然要說幾句好聽的。

羅獵來到宋昌金的面前：「告訴你一個壞消息，洞口被封住了。」

宋昌金愣了一下：「封住了？什麼人幹的？」

羅獵道：「誰幹的都不重要，總之咱們無法從原路回去。」

宋昌金心中暗喜，看來羅獵和張長弓是誤打誤撞來到這裡，兩人只能依靠自己離開這冰洞，換句話來說自己暫時是安全的，他們不敢對自己怎麼樣，宋昌金道：「那就麻煩了，我也不知道出路。」

羅獵道：「剛才的爆炸聲你有沒有聽到？」

宋昌金搖了搖頭。

「別被他騙了，他一定聽到了。」隨後下來的張長弓道。

宋昌金苦笑道：「騙？都到了這種地步我騙你們又有什麼意義？」

羅獵看了看周圍，宋昌金能夠來到這裡必然經過了深思熟慮，他對此地應當非常熟悉。

羅獵道：「空襲應當是藤野家族發動，我看他們很快就會發動總攻，你有沒有辦法離開這裡？咱們必須儘快回去幫忙。」

宋昌金撓了撓頭道：「我能有什麼辦法？」

張長弓對這老狐狸充滿了反感，威脅道：「羅獵，如果你嫌麻煩，我不介意幫你大義滅親。」

宋昌金一副死豬不怕開水燙的樣子：「殺了我你們也逃不掉，大家都要死無非是早晚而已。」

羅獵道：「佈局人是風九青，恐怕連徐北山都被算計了進來，想把藤野家族一網打盡的人也是風九青。」

宋昌金面露猶豫之色，好不容易方才下定決心道：「她有些古怪，我……我總覺得哪裡有些不對。」

羅獵道：「但說無妨。」

宋昌金道：「我和她其實已經有很多年沒有見過面，有些事情我沒有向你坦白，其實……其實我年輕時喜歡過她，不過她不喜歡我。」

羅獵對他當年的感情事可沒什麼興趣，耐著性子聽了下去。

宋昌金道：「我這次見她感覺和過去完全不同，彷彿換了個人似的。」

羅獵道：「火車上關於家樂的事情全都是她編造出來的對不對？真正擁有特殊能力的那個是風九青。」

宋昌金點了點頭道：「我也這麼想。」

羅獵道：「今天我遇到了家樂，那孩子表現得好像根本不認識我一樣。」

宋昌金道：「他見過你啊！」

羅獵道：「正因見過所以才奇怪，我懷疑風九青帶來的根本就不是家樂。」

宋昌金道：「沒聽說有雙胞胎。」

羅獵道：「我們炸毀黑堡的時候，在黑堡中曾經遇到了一支複製部隊，所有的士兵都長得一模一樣。」

宋昌金道：「所以你懷疑家樂跟他們一樣？」

羅獵道：「這種秘密只有黑日禁典上記載，風九青何以會知道？」

宋昌金道：「說了這麼多，你就是懷疑風九青跟藤野家族關係密切？」

羅獵道：「藤野晴子死亡也是風九青爆出，到底她是死是活誰知道？」

宋昌金聽出了他的言外之意：「你該不是懷疑風九青就是藤野晴子？」

張長弓點了點頭道：「我覺得也很有可能，藤野晴子和藤野家族不睦，所以她想要報仇。」

宋昌金道：「狗咬狗一嘴毛，讓他們拚個兩敗俱傷，咱們樂得作壁上觀。」

羅獵道：「你來的路上有沒有遇到什麼奇怪的東西？」

宋昌金搖了搖頭，一臉迷惘道：「什麼也沒遇到。」

張長弓將信將疑，他和羅獵這一路可是麻煩不斷，宋昌金居然那麼好運？

羅獵道：「三叔，不管你怎麼想，也不管此前你做了什麼，現在我只有一個要求，帶我們儘快回到飛鷹堡。」

宋昌金咬了咬嘴唇，終於還是點了點頭道：「好吧，也不是無法回去，這裡是須彥陀的陵墓，此前不止一次被盜過。」

羅獵道：「剛才那個洞口是你炸出來的？」

宋昌金表情有些尷尬，畢竟對他這種摸金世家出來的高手而言，除非不得已才動用炸藥。

羅獵從他的表情悟到奧妙，輕聲道：「三叔，這裡過去是不是沒有人來？」

宋昌金歎了口氣道：「當真是什麼都瞞不過你，這條溝是殉葬溝，須彥陀畢竟是金國國師，當時的金國皇帝非常信任他，所以墳墓的規格也不低。」他指了指前方道：「主墓室全都被盜過，所以我只能到這裡來碰碰運氣。」

羅獵做出了個邀請的動作，示意宋昌金先行一步。

宋昌金明白今天斷難逃出兩人的控制，只能老老實實在前方帶路。

須彥陀並非皇族，他的墓葬和常見的規制不同，根據宋昌金所說，須彥陀的殉葬坑很大，主墓室相比較而言反倒寒酸得很。

說話間已經來到了殉葬坑的入口，他們的前方出現了一群排列整齊的動物骨架，從骨骼的外形來看，這些動物應當是麋鹿，奇怪的是，這些麋鹿全都保持著站立行走的姿態，似乎牠們死前並未經受任何的痛苦，自然也感覺不到恐慌。

宋昌金以摸金為生，見過形形色色的墓葬無數，也從未見過這這樣的景象，嘖嘖稱奇道：「看來就像是活祭的，突然就死了。」

張長弓道：「不對啊，如果是被驅趕到這裡，牠們應當感到恐慌，你們看這些麋鹿的姿態，雖只剩下了骨架，也能看出牠們相當的自然，沒有絲毫恐懼。」

宋昌金道：「可能這些都是呆頭鹿，壓根不知道害怕，也可能……」他向羅獵看了一眼道：「被催眠了，牠們全都被催眠了。」

羅獵沒有說話，一個高明的催眠師的確有可能催眠動物，但是，能夠一次性催眠這麼多頭動物的他還沒有聽說過，眼前的麋鹿至少有百頭以上，這麼多的麋鹿被驅趕到這裡，如果沒有感到恐慌幾乎是不可能的，除非真如宋昌金所說。

從白骨森森的麋鹿群經過，後方出現了狼群，這群狼也是優雅行進，並沒有擺出追逐的架勢，狼群後方是一群猛虎。

昔日這些活生生的動物，而今都變成了累累白骨，究竟是誰將這些動物引到了這裡？又讓牠們從容赴死？

宋昌金停下腳步道：「有沒有覺得這裡有些熟悉？」

張長弓道：「有些像轉生陣。」

宋昌金道：「說起來須彥陀和昊日大祭司都是同時代的人物，他們一個是金國國師，一個是西夏國師，說不定兩人的信仰也是一樣呢。」

羅獵道：「如果須彥陀厲害，當初金國也不會強迫龍玉公主過來求雨。」

宋昌金道：「歷史這玩意兒有幾分可信？金國讓龍玉過來也不僅僅是為了求雨吧，那時候的西夏哪有跟金國抗衡的實力。」

張長弓道：「你懂得倒是不少。」

宋昌金道：「幹我這一行，多少也得懂點歷史。」他發現前方的冰岩之上出現了一幅壁畫，快步走了過去。

壁畫上的內容乍看上去是一個巨大的圓圈，仔細一看，上面繪製的乃是行進中的人群，宋昌金並不明白其中到底是什麼意思。

羅獵卻一眼就看出這壁畫繪製的是運送禹神碑的過程，禹神碑已經確定發現於九幽秘境，這裡出現這樣的壁畫只能證明這位金國國師須彥陀對禹神碑的事情非常瞭解，或許他就是這件事的親歷者。

羅獵在圖案中找到了一個手持法杖，端坐於禹神碑前方的人像，心中暗忖，此人應當就是須彥陀。

宋昌金道：「這破畫有什麼看頭？難道裡面還有寶不成？」

羅獵沒有理會他，從這首尾相連的畫面，好不容易才找到起始的部分，壁畫雖然圖案繁複，可不難找出其中的不同之處，首先是人數在減少，以運送的禹神碑作為參照，可以看到從第一幅到最後一幅人數在遞減，雖然所畫的人物未必是實數，可也應當是一種當時狀況的反應，繪畫者是通過這種方式表達運送途中不斷有人死去。

還有就是手持法杖的那個人，開始他的眉目清秀，到中途就戴上面具，暴露在外的雙臂也被畫上了不少魚鱗狀的花紋，乍看上去會以為是盔甲，但羅獵更傾向於此人的身體產生了變異，發生了像方克文那樣的變異。

回頭去想此前發生的一系列事件，或許禹神碑才是變異之源，禹神碑極有可能擁有某種輻射能量，正是因為這種能量的存在，才讓接觸到它的人發生了不同程度的變異。

如果當年須彥陀就是負責押運禹神碑的人，從壁畫上看，他和禹神碑最為接近，這一路走來，自然受到了大量的輻射，他的身體發生變異也在所難免。

宋昌金看羅獵盯著壁畫良久都沒將目光移開，忍不住道：「咱們該走了。」

羅獵道：「須彥陀為什麼選擇在這裡下葬？」

宋昌金道：「風水好唄。」

羅獵道：「你去過他的主墓室？」

宋昌金愣了一下，還是點了點頭道：「全都偷得乾乾淨淨，除了一口空空如也的棺材，屍骨無存，娘的，這些盜墓賊可真沒有道德。」

張長弓心想你又有道德了？他還是忍住了沒去懟這隻老狐狸。

羅獵道：「狡兔三窟，須彥陀既然能夠成為國師，他的智慧應該不差，或許他的屍骨根本就不在棺槨之中。」

宋昌金笑了起來，讚道：「到底是咱們老羅家的子孫，你不繼承家業真是老羅家的損失，不錯，我也這麼想，就算是這座墓室多次被盜，也不至於把他的屍骨給盜走，可能就是一口空棺材。」

張長弓道：「所以你才要到這裡看看，希望能找到須彥陀的屍骨對不對？」

宋昌金指了指張長弓：「你越來越聰明了，難怪說近朱者赤近墨者黑。」

羅獵道：「須彥陀極有可能變成了一個怪物。」

宋昌金歎了口氣道：「怪物何其多，就算是變成了怪物，如今也只剩下一堆白骨，我就不信他能活這麼久。」

張長弓道：「別忘了龍玉公主和昊日大祭司，你不是說這裡佈置著轉生陣，說不定他也有續命的辦法。」

宋昌金聞言有些不寒而慄，眼巴巴看著羅獵，這世上什麼寶貝也不如自己的性命重要，如果這裡真有一個千年老妖，還是儘快抽身離去的好。

羅獵道：「三叔，根據你的觀察，這裡過去有沒有人來過？」

宋昌金搖了搖頭道：「沒有，絕對沒有，我應當是第一個過來的。」

羅獵道：「是沒發現還是不敢來？」

「我怎麼知道？」

宋昌金說完這句話目光忽然定在前方，他看到一個青灰色的背影毫無徵兆地出現在前方，那人緩緩轉過身來，映入眼簾的是一張醜怪無比的面孔，宋昌金嚇得驚呼一聲轉身就逃，卻被羅獵一把抓住：「三叔！」

宋昌金顫聲道：「我……我……他……他……」

羅獵和張長弓並沒有發現任何異常，宋昌金哆哆嗦嗦指著前方，他掙脫不開羅獵的手掌，右手抽出手槍瞄準那怪人試圖扣動扳機。

張長弓擔心他誤傷到自己人，一把將手槍奪了過來，然後反手給了宋昌金一記耳光，這巴掌打得又重又響。

宋昌金挨了這一巴掌之後，眼前的幻象瞬間消散，整個人也忽然清醒了過來，捂著面孔，委屈不已道：「好你這小子，竟敢打我？」

羅獵道：「他是幫你清醒過來。」

宋昌金的半邊面孔已經腫了起來，嘴角也有些發麻，不過好在他的頭腦不再產生幻象，想起剛才的一幕，不由得有些後怕，低聲道：「算了，咱們別往前走了，必有古怪。」

羅獵心中暗忖，應當是這裡的空氣中含有某種讓人致幻的成份，不過宋昌金敏感一些，自己和張長弓反倒沒事，這應當和他們的體質有關，張長弓注射過改良後的化神激素，而自己的體內更是吸收了慧心石的能量，在抵抗這類致幻物資的方面要比宋昌金強上許多。

羅獵道：「不入虎穴焉得虎子，我現在反倒有興趣了。」

宋昌金道：「走吧，我帶你們出去。」

張長弓瞪了他一眼道：「你不是說不知道出路嗎？老宋，你到底有幾句實話？」

宋昌金自知理虧，乾咳了兩聲掩飾內心的尷尬。

羅獵道：「張大哥，你陪他在這裡待著，我進去看看。」

張長弓擔心羅獵一人有所閃失，堅持要陪羅獵一起去，到了現在這步田地，宋昌金是無論如何也不肯一個人離開的，相比較而言還是和他們兩人待在一起更安全一些。

宋昌金得知兩人都沒有看到自己剛才看到的幻象，不由得歎了口氣道：「如果我再發生什麼怪事，你們乾脆就把我打暈了。」

張長弓道：「打暈了把你扔在這裡嗎？」

宋昌金道：「扔下我誰都出不去。」

羅獵都不得不佩服這位三叔的厚臉皮，前方出現了一個T字形的石門，石門雕滿圖案，在石門前躺著十多具森森白骨，從骨骸的形狀就能夠看出是人類，地上還丟棄了幾件工具，從工具判斷這幾名死者應當都是盜墓賊。

張長弓道：「你剛不是說你是第一個進入殉葬坑的嗎？」

宋昌金嘿嘿笑道：「我的判斷也不一定完全正確，看來有人捷足先登了，不過他們沒打開這道門。」

羅獵發現幾名死者相互糾纏，看來死前曾經發生了激烈的內鬥，應當是相互殘殺而死。

宋昌金知道這一行當中見財起意，相互殘殺的不少，可那往往都是在找到寶藏之後，這幾名死者的周圍根本沒有什麼財寶，他們又因何產生了爭執？非得要拚個你死我活，自相殘殺？他想起剛才的一幕，不由得心中一凜，難道這些人也和自己剛才一樣看到了幻象？

羅獵道：「這石門上的圖案有些名堂，從上到下應當是天堂、人間、地獄吧？」這種圖案在墓室中並不鮮見，宋昌金看了看那圖案，卻感覺眼前圖案瞬間移動了起來，嚇得他慌忙閉上了眼睛，可是內心中卻有一種無名火升騰而起，如果不是被羅獵和張長弓追上，自己或許已經找到了寶藏，安然離開了這個地方。

宋昌金猛然睜開雙目惡狠狠盯住張長弓道：「都是你，是你把我害成了這個樣子。」他向張長弓衝了上去，伸出雙手試圖掐住張長弓的脖子，沒等他靠近自己，張長弓已經先行一拳擊落在宋昌金的面門上。

宋昌金被這一拳打得天旋地轉，噗通一聲跌倒在了地上。

羅獵望著暈倒在地的宋昌金，哭笑不得道：「你出手夠重的。」

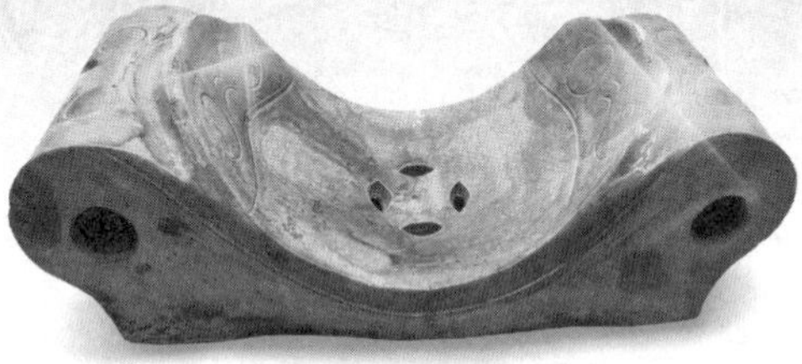

第五章

大禹碑銘全文

羅獵終於知道禹神碑上方的大禹碑銘只是一部分，
只有將碑身上的文字和基座內的文字相互映照方能得到全文，
他的內心無比激動，整個人全都沉浸在這驚人的發現中，
甚至忘記了自己身處何地。

張長弓道：「他自己要求的。」剛才的確是宋昌金要求把他打暈，現在張長弓也算是滿足了他的要求。

羅獵道：「暈了也好，省得給咱們添麻煩。」

張長弓道：「把他扔在這裡？」

羅獵笑了起來。

張長弓不等羅獵回答，就已經將宋昌金扛了起來，就算宋昌金不知道出去的路，看在他是羅獵三叔的份上也不能將他扔在這裡，任其自生自滅。

羅獵走過去推開了石門，石門並沒有機關，真正的危險在於石門上的圖案，自制力不行的人看到圖案之後會產生種種幻覺，甚至會產生殺人的衝動，地上的白骨，以及剛才試圖攻擊張長弓的宋昌金都證明了這一點。

石門後冷氣森森，走過二十餘米的甬道，進入一個並不算大的天然冰窟，他們的前方出現了一個端坐在那裡的身影。

羅獵示意張長弓留步，他慢慢走向那盤坐的身影，意識先行擴展探索，他並沒有感知到任何的生命跡象。

那人盤膝坐在一塊黑色贔屭之上，那贔屭極大，通常用來馱碑，乃是龍的九子之一，又稱霸下。羅獵爬到贔屭的背上，看清那盤膝人雙膝之上放著一根鑲滿寶石的法杖，臉上帶著面具，雙手帶著手套，周身包裹得嚴嚴實實。

羅獵心中默念得罪，伸手將法杖拿起，那人身上的衣服其實只具其形，因為法杖挪動觸及衣服之後，瞬間就化為飛灰，此人的身體完全暴露在羅獵面前。

他周身覆蓋著鱗甲，雙手呈鳥爪形狀。

羅獵拿起法杖看了看，法杖之上可見一行細小的銘文，卻是金國皇帝御賜給國師須彥陀的，從這根法杖不難推斷出死者的身分。

羅獵暗歎，想不到須彥陀也是一個變異者，他小心將須彥陀的面具摘下，發現須彥陀的面部只剩下白色的骨骼，牙齒和正常人類不同，每一顆牙都極其尖利，不過從牙齒的縫隙中隱約有藍光透出。

身後忽然響起宋昌金的聲音：「他嘴裡有東西。」這老狐狸偏偏在這時候醒來了。

羅獵可不是來盜寶的，扒開死者的嘴在他看來是件大不敬的事，可沒等羅獵動手，須彥陀的下巴居然整個掉了下來，從他的口中滾出一顆藍色發光的珠子，那龍眼大的珠子掉落在贔屭背上彈跳了一下，落入了後方的長方形凹槽之中。

羅獵跟了過去，這凹槽應當是當初嵌入石碑的地方，從凹槽的大小來看，這石碑巨大，羅獵首先想到了禹神碑，可是在九幽秘境見到的禹神碑體積相當龐大，這凹槽又似乎無法將之鑲嵌進去，難道禹神碑在脫離贔屭的背部後能自行長大不成？

藍色的珠子在凹槽中散發著柔和的光芒，照亮凹槽內的古怪文字，羅獵認得那文字全都是夏文，他逐一辨認，當他將所有的文字看完，再通讀一遍，在他的腦域中，一個緩緩轉動的巨大影像開始浮現。

羅獵終於知道禹神碑上方的大禹碑銘只是一部分，只有將碑身上的文字和基座內的文字相互映照方能得到全文，他的內心無比激動，整個人全都沉浸在這驚人的發現中，甚至忘記了自己身處何地。

宋昌金想要說話，卻被張長弓用凌厲的眼神制止，張長弓和羅獵相交莫逆，對這位兄弟也是極其瞭解，他知道現在絕不是打擾羅獵的時候。

宋昌金小聲提醒他道：「咱們要待到什麼時候？」

張長弓冷冷回應道：「等著！」

吳傑的雙耳突然迅速抖動了兩下，他沉聲道：「來了！」

在一旁休息的幾人全都站起身來，阿諾第一個來到吳傑身邊：「誰來了？」

陸威霖和蘭喜妹兩人已經舉槍瞄準了洞口。

來者並不是李長青的人，從洞口的上沿緩緩露出一顆青面獠牙的狼頭，在狼頭出現之後，陸威霖和蘭喜妹同時射擊，兩人扣動扳機的時候，那顆狼頭又閃電般縮了回去。

子彈全都射空，在兩人尚未完成第二次射擊的時候，那體型巨大的青狼已經再度衝入洞口，兩條粗大的下肢穩穩落在地面上，微微彎曲之後以驚人的彈跳力撲向陸威霖。

陸威霖下意識地用長槍去格擋，被青狼的利爪抓中槍桿，喀嚓一聲，步槍從中折斷，可見青狼的這一抓力量何其巨大。蘭喜妹舉槍近距離向青狼接連射擊，子彈雖然全都射在了青狼身上，但是無一能夠對青狼造成傷害。

阿諾和鐵娃兩人也準備衝上去圍攻，一道身影率先衝了出去，正是吳傑，他揚起手中竹竿照著青狼的頭顱狠狠湊了過去，啪的一聲脆響，強大的力量抽打得青狼頭顱向後一仰。

青狼晃動了一下腦袋準備再度衝上來的時候，吳傑已經將藏在竹竿內的細劍抽出，藍幽幽的劍尖從青狼張開的巨吻中刺入，劍鋒穿透青狼的頸部從牠的後頸暴露出來。

陸威霖後撤一步，掏出手槍和蘭喜妹兩人同時瞄準了青狼的嘴巴，接連扣動扳機，子彈如雨般射入青狼的嘴巴。

吳傑抽出細劍，飄然後退。

青狼一雙強壯的後肢支撐著身體，掙扎了一會兒終於還是無法支持下去，重重摔倒在了地上。

吳傑道：「牠生的什麼樣子？」

鐵娃道：「前肢較短，後肢長且粗壯，可像人一樣站立。」

阿諾道：「狼人！」他堅持認為這就是狼人。

陸威霖道：「一頭變異的狼而已。」

吳傑道：「這些怪物防禦力很強，必須有含有地玄晶成分的武器才能將之克制。」他停頓了一下道：「還好，牠們的主攻目標不是我們。」

蘭喜妹充滿擔憂道：「羅獵到現在還沒有回來。」

吳傑道：「你不用擔心他，羅獵和張長弓聯手，就算是整個飛鷹堡圍攻他們，他們也能夠殺出一條血路。」

蘭喜妹道：「可如果遇到藤野家的高手呢？」

夜晚十點，一道道黑影迅速向飛鷹堡內靠近，第二次進攻開始了。李長青率領所有部下開始投入到這場保衛家園的戰鬥中，這次那些變異的青狼已經不再滿足於吸引他們的火力，而是不顧一切地衝下山谷，撲入人群和他們短兵相接。

慘叫聲，哀嚎聲此起彼伏。

李長青指揮眾人利用地利的優勢和這些怪物對抗，此時他發現老魯不見了，李長青大吼道：「老魯？老魯呢？」

身後部下愕然搖了搖頭，他也有一段時間沒有看到老魯的身影。

風九青望著床上熟睡的家樂，表情木然，似乎眼前的這個孩子跟她沒有半點的關係。

房門從外面打開，老魯魁梧的身影出現在門外，在他的身後還跟著兩名健壯的部下。

風九青聽到動靜卻沒有回頭。

老魯道：「把那孩子交給我！」

風九青伸出手去將熟睡的家樂抱起，顯得毫不費力，彷彿懷中的孩子沒有半點的份量，她轉過頭，平靜望著身後的三人道：「你們是藤野的人？」

老魯指了指她懷中的孩子，用命令的口吻道：「送過來！」

風九青呵呵笑了起來，她緩緩抬起頭，目光盯住上方的洞頂。老魯三人順著她的目光向上望去，只見一個披頭散髮的女子宛如蜘蛛一般攀附在洞頂，因為頭髮遮住了面部看不清她的容貌，可老魯的臉色卻變了，這女子像極了薩金花。

宛如蜘蛛般攀附在洞頂的女子倏然向下躍去，身形如電，老魯三人同時向後退去，他們舉起手槍，瞄準那女子接連射擊，女子身在空中仍然身法變幻自如，於空中躲避著子彈，而後撲向其中一人，右手狠狠插入那人的胸膛。

剩下的兩人轉身就逃。

老魯逃出一段距離，卻發現風九青抱著家樂就站在前方，陰惻惻笑道：「你不是要這孩子嗎？給你！」

老魯向後退了一步，周身骨骼發出劈哩啪啦宛如爆竹一般的聲響，他的身體開始發生了變化，短時間內已經增長到兩米左右，隨著身高的增長，他的面部也發生了奇特的變化，竟然變成了青面獠牙的狼頭。

風九青道：「果然是內奸，李長青真糊塗，居然沒有看清你的本來面目。」

老魯向前重重跨出一步，腳下的青石板被他重重的一踏，踏得從中分裂。

風九青非但沒有表現出絲毫的害怕，唇角還露出一絲譏諷的笑容，她正準備出手之時，突然聽到一聲女人的尖叫，風九青皺了皺眉頭，這叫聲顯然來自於薩金花。

趁著風九青遲疑之時，老魯從她身邊的空隙衝過，風九青這次居然沒有阻攔他，而是第一時間向尖叫發生的地方奔去。

李長青一方的火力雖然迅猛，可是對這些變異的青狼卻無能為力，他們的子彈根本對這些青狼造不成任何傷害，青狼衝入人群大殺四方，李長青目睹手下不斷被屠殺，一雙眼睛都紅了，他大吼道：「撤退！撤退！」

局勢變得一邊倒，就在李長青一方紛紛敗退的時候，一道暗銀色的光芒從人群中衝出，這是一個周身佈滿鱗甲的怪人，他的臉上帶著一張金屬面具，看上去整個人如同穿著一套貼身的盔甲。

那怪人徑直衝向青狼，青狼大吼一聲張嘴向他咬去，被怪人抓住青狼的巨吻，雙臂用力一下就將青狼撕成兩半。

李長青望著那怪人目瞪口呆，他如何不認得，那周身覆蓋鱗甲的怪人就是自己的兒子李元慶，他雖然不知道兒子從何處而來，不過有一點他能夠斷定，兒子現在是在幫助他們對抗外敵。

李長青心中百感交集，看來兒子的內心中尚有人性，說不定他知道自己就是他的父親。

一頭青狼從後方試圖偷襲李長青，尚未來得及靠近，就被一顆子彈擊中了頭顱，這顆子彈擊穿了青狼的頭顱，讓青狼當場一命嗚呼。

李長青有些詫異地望著青狼的屍體，他們的子彈明明對這些怪物無能為力，可這一顆子彈為何起到了作用？對側高處的山洞中陸威霖端起狙擊槍瞄準了下一個目標。

李元慶的攻擊力極其強悍，一會兒功夫，他就已經擰掉了三顆青狼的腦袋，那群變異的青狼意識到了事態的變化，開始迅速聚攏向李元慶圍攏而來。

羅獵從贔屭的背上跳了下去，手中握著那顆藍色珠子。宋昌金充滿羨慕地望著羅獵，指了指他手中的珠子小心翼翼地問道：「大侄子，能不能給我看看？」

羅獵搖了搖頭道：「我怕你掉包。」

宋昌金呸了一聲道：「疑心病真重。」他又討好地笑了笑道：「那上面都有什麼？」

羅獵道：「咱們儘快離開森羅溝，我估計飛鷹堡那邊已經打起來了。」

宋昌金道：「好……好，帶你回去倒也不難，不過，你可否……」他想說羅獵能否將那顆珠子送給自己。他的話並未說完，就遭遇到羅獵溫和的目光，宋昌金不知為何有種突然被扒光的感覺，羅獵的目光彷彿一直看到了他的心底深處。

宋昌金沒來就打了個哆嗦，只聽羅獵道：「你帶路好不好？」

宋昌金這次沒有耍滑頭，點了點頭，老老實實道：「好！」

李長青的內心是極其煎熬的，除了他之外應當沒有人知道這滿身鱗甲的怪人就是他的兒子，李元慶的出現迅速扭轉了佔據，變異的青狼無論力量和防禦力都和他無法相提並論，倒在李元慶身邊的屍體越來越多，倖存的二十多頭青狼轉身逃離。

李元慶準備繼續追殺之時，一個高大的身影出現在他的前方，老魯已經變成了一個巨大的狼人，他周身生滿銀色的毛髮，體型魁梧，身高已經增長到三米左右，他衝向李元慶。

李元慶毫不畏懼地向他衝去，他們撲在了一起，貼身纏鬥撕咬著。

老魯的體型雖然完全佔據了上風，可是他在力量上並沒有占到任何優勢，他咬住了李元慶的肩頭，鋒利的牙齒試圖將李元慶的臂膀從身體上撕裂下來，可他的牙齒咬在鱗甲上，根本無法突破分毫。

李元慶的利爪抓住了老魯的肚腩，他想要像剛才一樣將對手的身體撕裂開來，然而眼前的這頭狼人肌膚空前堅韌，李元慶用盡全力都沒有成功。

老魯的凶性被激起，他利用身體上的優勢，抓住李元慶狠狠將之摔落在一旁的山岩上，山岩被李元慶強橫的身體撞得四分五裂，換成普通人早已骨斷筋折，李元慶卻沒事人一樣站起，抓起地上宛如人頭般大小的石塊，重重擊打在撲向自己老魯的下頜，這一擊將老魯龐大的身體打得橫飛出去，落在十多米以外。

老魯落地時撞擊在兩名土匪的身上，那兩名土匪被他壓得骨斷筋折，頓時一命嗚呼。

老魯沒事人一樣從地上爬了起來，他的脊背拱起，一雙前肢落在了地上，這讓他看上去更像是一頭惡狼。

李元慶身高要在一米八零以上，稱得上健壯魁梧，可是在面對老魯的時候，體型仍然被對方完全比了下來。眾人早已從他們的身邊散開，城門失火殃及池魚，誰都不想被這兩個怪物之間的決鬥連累。

李長青一邊後退，一邊回頭，他意識到自己對這個親生骨肉仍然未能做到絕情，如果當初絕情，就不會偷偷將他關押在軍火庫內，如果現在能夠做到絕情，他就會毅然而然地離去，李長青做不到，無論別人怎麼看，無論李元慶生得如何怪異，在他心中這始終都是自己的兒子。

李元慶和老魯再度衝到了一起，老魯雖然體型比李元慶大上了一圈，可他在力量上並不占優，李元慶抓住他的雙爪，來了個過肩摔，這次將老魯扔得更遠，老魯龐大的身軀被砸在山岩上，激起一片煙塵，上方的大片積雪因為這次劇烈的撞擊簌簌而落，將老魯的身體掩埋在其中。老魯用力掙扎，一雙生滿銀毛的雙爪從雪丘中探伸出來。

李元慶氣勢更勝，向前跨出一步，準備向老魯發動致命一擊。

就在此時一道藍色的光束擊中了李元慶的左腿，子彈穿透了鱗甲，在李元慶的左腿上留下了一個藍色的傷口，傷口處閃爍著淡淡的光芒，李元慶有些惶恐地低下頭去，看著左腿上的傷口，劇痛過後，傷口開始癒合，不過這顆子彈所造成的傷害顯然比普通的武器更大。

老魯獲得了喘息之機，他從積雪下爬了出來，全速衝了上去，趁著李元慶還處於受傷的震驚中，抓住他的身體將他狠狠壓在了地上，張開巨吻試圖將李元慶的腦袋整個吞到肚子裡。

李長青第一時間發現了兒子遇到了麻煩，他咬了咬嘴唇，突然轉身衝了出去，手中的衝鋒槍噴射出毒蛇一般的火焰，密集的子彈射擊在老魯的身上，李長青放棄撤退，他的那群忠心耿耿的手下馬上加入到了戰團之中，和李長青一起舉槍射擊老魯。

尋常的子彈雖然對老魯無法造成致命傷害，可是密集火力的衝擊力仍然讓老魯不得不暫時放棄吞下李元慶腦袋的想法，李元慶奮起神力，一把將老魯掀翻，雙手抱住老魯的腦袋用力擰動。

老魯碩大的腦袋在他的大力擰轉下被擰動了整整一周，只聽到喀嚓骨骼碎裂的聲音，老魯的頸椎被李元慶擰斷，任他身體如何強橫，此時也無法支撐下去，龐大的身軀轟然歪倒在地上。

老魯被李元慶當場格殺後，身體迅速縮小，樣貌也恢復了原來的模樣。

李長青率領親信前來接應，看到眼前一幕都是一驚，誰也沒有想到這窮凶極惡的狼人會是四當家老魯。

李長青咬了咬嘴唇，大吼道：「走！」

他的這聲走卻不是對手下人的命令，他其實是在催促兒子快走。

李元慶似乎聽懂了李長青的意思，他轉身向軍火庫的方向逃去，李元慶未逃幾步，又有兩顆子彈射中了他的雙腿，子彈射中他的身體之後，全都在他的身上留下藍色的血洞。

李元慶一個踉蹌跌倒在雪地之上，他雖然擁有自癒能力，可是這種地玄晶製成的子彈造成的傷口恢復極慢。

陸威霖利用瞄準鏡觀察著戰況，射擊李元慶的子彈並非是他所發，陸威霖意識到今天的戰場上還有人擁有特殊的武器。

飛鷹堡廣場上，六道黑影向李元慶跌倒的地方飛速靠近，六人全都是黑衣蒙面手握明晃晃的太刀。李長青看到那忍者裝扮的六人現身，馬上就意識到他們想幹什麼，大吼道：「擋住他們！」

風九青趕到的時候，已經晚了，薩金花躺倒在地上，一名日本忍者舉刀指在她的咽喉之上，只要主人一聲令下，他就會毫不猶豫地切下薩金花的腦袋。

一位白髮蒼蒼的日本老人靜靜坐在椅子上，望著風九青，他的唇角露出了一絲笑意：「晴子，別來無恙？」他就是藤野家族的當家人藤野俊生。

風九青冷冷望著藤野俊生：「你認錯人了吧？」

藤野俊生搖了搖頭道：「不會認錯，一個人無論容貌怎麼改變，可眼神卻變不了，你的眼神和你父親一模一樣。」藤野晴子的父親也就是藤野俊生的哥哥藤野駿馳。

風九青怒斥道：「你住口，你有什麼資格提起我的父親？」這句話等於暴露了她的真實身分，風九青就是真正的藤野晴子，她沒死，一直以來都隱姓埋名。

藤野俊生歎了口氣道：「你或許不理解，可如果你處在我的位置，為了家族的榮耀你也會不惜一切代價。」

藤野晴子咬牙切齒道：「你殺了我的父親。」

藤野俊生道：「在我沒有拿定主意殺你之前，你把那男孩交給我。」他指了指風九青懷中的男孩。

藤野晴子呵呵笑了起來，她點了點頭，突然將懷中的男孩猛然向藤野俊生扔了過去。

藤野俊生也沒有料到她會做出這樣的舉動，沒有看到他如何動作，他的身影已經瞬間來到了那男孩的面前，藤野俊生伸手將男孩接住，那男孩緊閉雙眼不知是死是活。

藤野俊生皺了皺眉頭，他第一時間意識到這是一個圈套，如果這男孩當真是藤野晴子和徐北山的兒子，那麼一個做母親的又怎能忍心將之拋棄？懷中的那男孩緩緩睜開雙眼，兩道灼熱的紅色光芒直刺藤野俊生的雙目。

藤野俊生的表情沒有任何變化，紅色的強光對他沒有任何傷害，紅光卻迅速黯淡了下去，男孩在藤野俊生的懷中軟綿綿蜷曲成為一團，他的肌膚出現了皺褶，頭髮以肉眼可見的速度變白，轉瞬間那男孩就成為一個奄奄一息的小老頭。

藤野俊生將懷中枯瘦的小老頭拋在了地上，望著對面原本準備趁機突襲，卻又放棄了想法的藤野晴子，輕聲道：「你馴養了不少的傀儡。」羅獵口中的複製體，在藤野俊生的概念中就是傀儡。

藤野晴子點了點頭，她笑了起來：「所以你永遠得不到他。」

藤野俊生道：「找到你也是一樣，在我心中你遠比他更重要。」

藤野晴子點了點頭，她輕聲道：「我不會再上當了。」

地上昏迷的薩金花身軀顫抖了一下，突然發出一聲尖銳至極的叫聲。

藤野晴子在薩金花發出尖叫的同時，轉身向外逃去。

薩金花極具殺傷力的叫聲讓一旁的忍者丟下了長刀，雙手捂住耳朵，儘管如此仍然阻擋不住雙耳中宛如針扎般的痛覺，鮮血沿著手指的縫隙流了出來。

藤野俊生歎了口氣，他的手落在那忍者的頭頂，忍者的周身劇烈顫抖著，整個人猶如泄了氣的皮球迅速乾癟了下去，當他脫離藤野俊生掌心的時候，他的身體只剩下了空空的皮囊。

藤野俊生目光注視著薩金花，他的聲音和藹可親：「別鬧，帶我去找她好不好？」

他的聲音如同擁有一種魔力，薩金花聽到之後頓時停下了尖叫，她點了點頭，表情呆滯道：「好……」

六名忍者全都擁有著強大的自癒能力，土匪雖然很多，可是面對這六名忍者卻無能為力，六名忍者宛如砍瓜切菜般殺出一條血路。李長青面對強敵絕不退縮，他指揮著手下盡力阻擋著忍者的進擊，忠誠的手下不斷死去，他身邊的人越來越少。

李長青聽到了尖叫聲，他對薩金花的尖叫聲最為熟悉，一聽就知道是妻子的聲音，而尖叫聲傳來之後，李元慶負痛從地上爬起，以最快的速度向聲音發出的地方奔去。

吳傑已經衝向戰團，在他聽到日本忍者現身之後，吳傑就頭也不回義無反顧地殺向現場，阿諾和鐵娃擔心他有所閃失，也隨同吳傑一起前去，陸威霖並沒有隨同他們一起離開，因為他現在所在的地方就是最好的狙擊位置。

陸威霖準備好武器之後，看了看身邊，周圍已經沒有其他人，蘭喜妹不知何時也已經離去。陸威霖卻樂得清靜，當他想要狙殺目標的時候，首先就需要冷靜，這種時候他不希望任何人打擾。

陸威霖選擇了一個最舒服的姿勢，從瞄準鏡中鎖定了一名忍者的頭顱，他輕聲道：「左眼！」說完這句話，就扣動了扳機，他從瞄準鏡中看到了一朵盛開的血花……

薩金花突然停下了腳步，藤野俊生皺了皺眉頭，他敏銳地覺察到了一絲不同尋常的味道，薩金花的臉上居然浮現出一絲笑容，這笑容並不古怪，反而透出一種前所未見的欣慰和慈祥。

藤野俊生順著她的目光望去，看到遠方一道銀色身影以驚人的速度向己方靠攏，他瞪大了雙目，初始時的錯愕很快就變成了驚喜。

李元慶以驚人的速度衝向藤野俊生，雙方的距離越來越近，李元慶騰空躍起撲向藤野俊生的時候，藤野俊生的身影卻從原地消失了。

李元慶撲了個空，他的身體還未來得及轉過來，就聽到來自於母親的尖叫聲，然後肋下感到劇痛，藤野俊生只一腳就將李元慶踢得橫飛出去，落在十米開外的雪地之上。

李元慶原地翻滾著，當他停下翻滾的勢頭，第一時間從地上爬起來。

藤野俊生只是招了招手，地面上深植於凍土中的一棵雪松就拔地而起，合抱粗的雪松凌空飛起，樹幹重擊在李元慶的身上，將李元慶再度擊倒在地上。

薩金花尖叫著撲向藤野俊生，在距離藤野俊生還有一丈的地方遭遇到一堵無形的屏障，無論她怎樣努力都無法再前進一步。薩金花的尖叫聲也戛然而止，似乎有一隻無形的手掐住了她的脖子。

雪松下的李元慶奮起神力，猛然將雪松推開。

藤野俊生饒有興趣地望著這小子，唇角露出一絲陰險的笑意。

李元慶活動了一下身子，他的雙腿上有不少泛著藍光的傷口。藤野俊生知道那都是含有地玄晶成分的子彈射擊後留下的槍傷，而讓他驚奇的是，李元慶身上的彈孔正在緩慢的癒合，這小子竟然擁有了抵禦地玄晶子彈的能力。

在藤野俊生的認知中，含有地玄晶成分的武器可以對付這些利用化神激素改造後的變異者，如果沒有自己的幫助，這群變異者在被該種武器攻擊之後，傷口會喪失自癒能力，眼前的這個鱗甲怪人在被地玄晶子彈射中之後仍然擁有自癒能力，無非是速度稍慢，這讓藤野俊生感到驚奇。

他意識到包括薩金花在內的這兩個人，應當都是他的侄女藤野晴子改造後的產物。

藤野俊生冷冷道：「晴子，你是不是想看到自己的作品全都被我毀掉？那好，我滿足你的欲望！」

薩金花感到一隻無形的大手抓住了自己的頸部，她的身體竟然脫離地面冉冉升起，薩金花拚命掙扎著，在生死存亡的關頭她居然恢復了理智。她看到那個滿身鱗甲的蒙面怪人正不顧一切地向藤野俊生衝去，難道他想要營救自己？

李元慶衝到中途，一塊岩石毫無徵兆地飛起，砸在他的胸前，李元慶一聲不吭，倒地之後馬上爬起，抱起那岩石向藤野俊生砸去。

岩石飛向藤野俊生，在藤野俊生前方一丈處停下，然後從中崩裂開來，碎裂成為千片萬片，如同勁弩發射，呼嘯著李元慶射去，李元慶剛剛邁開腳步，就被暴風驟雨般的碎石擊中，他的身體雖然強橫，可在這一輪碎石的全力撞擊之後，也感到骨骸欲裂，李元慶跪倒在地上，臉上的金屬面具也被砸落，露出面具後清秀的面龐。

藤野俊生打量著這張年輕英俊的面孔，他很快就看出這張面孔擁有著何人的特徵。

薩金花雙眸瞪得滾圓，她的嘴巴一張一合，絕不是在試圖尖叫，她的口型分明在呼喊著兒子這兩個字。李元慶艱難地從地上站起，他的身體雖然傳來陣陣劇痛，可他的意志非但沒有一絲一毫的減弱，反而和憤怒一樣不斷積累增加著，他只知道，就算犧牲性命也要保護這個女人。

李元慶向前跨出了一步，藤野俊生欣賞地望著他，他的手向薩金花招了招，薩金花已經失去控制能力的身體緩緩向他飄去，藤野俊生的手輕輕落在薩金花的頭上。

「放開她！」憤怒的聲音從遠方響起，李長青帶領五名手下及時趕到了這裡，他們一來到就看到眼前驚人的一幕。李長青並不認識藤野俊生，他也從未見過此人，可是看到妻兒被人如此欺辱，李長青已經將藤野俊生視為不共戴天的仇人。他一聲令下，幾人端槍向藤野俊生射去。

藤野俊生左手在虛空中一揮，射向他的子彈全都凝滯在半空中，靜止足有三秒之後，子彈沿著來時的軌跡反射回去。

開槍的幾人被自己射出的子彈擊中，慘叫著跌倒在了地上。

李長青眼看著子彈射向自己的胸膛，他知道自己必死無疑，他根本避不開這顆子彈。生死攸關之時，一道銀色的身影斜刺裡衝了上來，一把推開了李長青，為李長青擋下了這顆子彈。

李長青知道是誰為自己擋下了這顆子彈，本該流血的他這次沒有流血，可是他卻留下了眼淚。因為他看到再度被擊倒的李元慶，看到那曾被自己當成怪物一樣關押的兒子正不惜性命保護著自己，他知道兒子心中知道誰是父母，元慶雖然長著野獸般的外表，可他的內心仍然擁有人性，仍然懂得感恩，仍然擁有善念。

李長青大吼道：「走！元慶，你走！」

薩金花滿臉都是淚痕，她心中和李長青一樣的想法，可是她卻發不出一丁點的聲音，她不希望兒子為了營救他們而犧牲，她願意犧牲，無論兒子長相如何，無論他會不會被世人所接受，在她心中，元慶始終是最寶貝的兒子，她相信李長青心中的想法和自己一樣。

藤野俊生的目光從這一家三口身上逐一掃過，在他看來這些人的性命不值一提。一將功成萬骨枯，為了藤野家的榮耀，為了實現自己的目標，區區幾條性命又算得上什麼？他決定先殺死李長青，再慢慢對付這身體已發生變異的母子。

藤野俊生的目光盯住李元慶，他的表情慈祥且溫和，就像是一個善良的老人，從他的外表絕對不會聯想到他險惡的內心，李元慶望著藤野俊生的目光，憤怒的情緒居然也變得平復下來。

藤野俊生聲音慈和道：「孩子，你一定吃了不少的苦，全都是因為他對不對？殺了他！只要殺掉他，就不會再有人折磨你，就不會有人再控制你。」

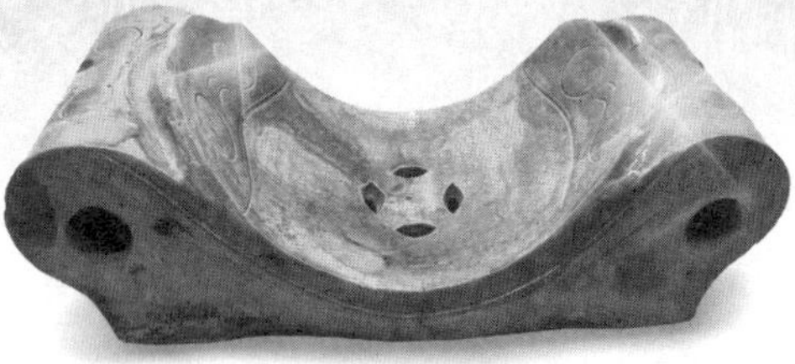

第六章

慧心石的能量

羅獵無數次體會到置死地而後生的滋味，
但是從未有過如今這樣的驚喜，
甚至連他自己都沒有想到自己的體內竟然蘊含著龐大的力量，
他本以為慧心石的能量早已被龍玉公主竊走，
可現在這種熟悉的力量分明是慧心石的能量。

李元慶表情茫然，在藤野俊生的暗示下緩緩轉過頭去，望著李長青，迷惘的雙目湧現出一絲激動，腦海中浮現出自己被戴上鐐銬關押在鐵籠內的情景。

李長青能夠感覺到來自於兒子的憤怒，憤怒很快又變成了仇恨與殺機，李長青並沒有感到任何的恐懼，即便是死在兒子的手裡他也不會有任何的怨言，他一直期盼著一家人能夠齊齊整整的在一起，只是想不到他們會在這樣的狀況下重聚，李長青用盡全身的力量大吼道：「元慶，你醒醒！」

薩金花雖然口不能言，可是她也能夠看出兒子的精神被藤野俊生控制，這心腸歹毒的老者正在慫恿兒子殺死他的父親，這一幕悲劇就要在她的眼前上演，薩金花寧願即刻死去，也不願看到這淒慘的一幕。

李元慶揚起了右爪，準備向父親發動致命一擊。千鈞一髮之時，一個冷酷的女聲響起：「藤野俊生，你這麼喜歡為難小孩子？」聲音雖然不大，可是字字句句都打在了李元慶的心坎上。

李元慶猛地清醒了過來。

藤野俊生手臂一抖，薩金花的身軀宛如斷了線的紙鳶一樣飛了出去。

藤野俊生緩緩轉過身來，望著站在不遠處的風九青，輕聲道：「晴子！別忘了，你是藤野家的人。」

藤野晴子搖了搖頭道：「從你們害死我父親的那一刻起，我就跟你們藤野家再無關係。」

藤野俊生歎了口氣道：「你知道我想要什麼，把東西交出來，我饒你不死。」

藤野晴子道：「我若是當真想躲起來，你以為找得到我？」

藤野俊生環視周圍，看到薩金花在李元慶的攙扶下站了起來，那小子虎視眈眈地望著自己，藤野俊生不由得笑了起來：「晴子，看來是你故意放出消息引我前來。」

藤野晴子點了點頭道：「現在明白這一點是不是有些晚了？」

李長青聽到這裡心中已經明白，原來自己成了藤野家族內鬥的工具，自己的妻兒早已淪為其中的犧牲品，今天飛鷹堡又死去了無數無辜者，這是一個弱肉強食的世界，人為刀俎我為魚肉，在別人絕對的實力面前自己實在是無能為力，李長青心中暗忖，今日的一切或許都是他昔日所為種下的因果，他沒有什麼過分的要求，只要能夠保住家人平安，他就已經心滿意足了。

李長青已做好了為家人犧牲的準備，恢復理智的薩金花緊緊抓住兒子李元慶的手臂，觸手處冰冷堅硬，儘管李元慶在外人的眼中是一個醜陋的怪物，可在薩金花的眼裡依然如此的親近，薩金花紅著雙眼道：「元慶……我的兒啊……」

李元慶表情木然，他天生不善表達感情，其實他的生理年齡還不到三歲。

在藤野俊生看來藤野晴子的作為無異於主動送死，他不屑道：「就憑你們幾個？」

藤野晴子道：「你留在外面的人很快就會被我全部解決。」

藤野俊生道：「那又如何？我不需要任何的幫手。」

藤野晴子道：「你真是窮凶極惡，居然將自己改造成了一個吞噬者。」吞噬者記載於黑日禁典之中，吞噬者最大的特徵就是可以吸收別人身體的力量和能量，隨著不斷吸收他人的能量，自身也會變得越來越強大。

藤野俊生道：「你以為能夠與我抗衡嗎？」

藤野晴子道：「你的身體並不完美，吸收他人的能量越多，面臨的反噬越重，每當反噬來臨的時候，你是不是痛不欲生？」

藤野俊生怒吼道：「你住口！」臉上青氣乍現。

遠處有三道人影從軍火庫的方向走了出來，藤野俊生定睛望去，這三人他居然認得兩個，那兩人正是當初毀掉他心血之作黑堡的羅獵和張長弓，正所謂仇人相見分外眼紅。

羅獵和張長弓是跟隨宋昌金一起離開了冰洞，宋昌金果然對飛鷹堡的結構及其熟悉，帶著他們離開了冰洞，出來之後就到了軍火庫附近。當他們看清正在對峙的幾人，羅獵和張長弓馬上進入了戰備狀態。

宋昌金卻嚇得掉頭就跑，還好現在已經沒有人顧得上他了。

仇人相見分外眼紅，藤野俊生點了點頭道：「好！好！好！既然都來了，今天就跟你們做個了斷。」

張長弓和羅獵對望了一眼，無論中間經歷了多少變故和波折，可最終還是將藤野俊生引了過來，他們也無需考慮其他的事情，眼前之際首先將藤野家的這位家主幹掉再說，只要藤野俊生死了，藤野家族也就樹倒猢猻散。

張長弓摘下長弓，彎弓搭箭，倏然一箭射向藤野俊生。

李元慶發出一聲咆哮，不顧父親的阻攔，風馳電掣般向藤野俊生衝去。

藤野俊生冷哼一聲，伸手向空中抓去，一把就將張長弓射來的羽箭抓住，這羽箭經強弓射出，力量速度都達到極致，藤野俊生竟然視如無物，輕描淡寫般將之擒在手中。

李元慶撲向藤野俊生，雙爪試圖抓向他的面門，藤野俊生的身體卻在瞬間消失，再度現身已經來到了李元慶的身後，揚起那支剛剛抓住的羽箭，鏃尖猛地刺入李元慶的後心。

張長弓射出的這支羽箭也是用地玄晶特製，突破了李元慶的鱗甲，閃爍著藍色光芒的鏃尖刺入了他的體內。

薩金花看到兒子被刺，發出一聲痛徹心扉的尖叫，極具殺傷力的音波集中於藤野俊生的身上，藤野俊生微微皺了皺眉頭，抬腳將李元慶踢了出去，李元慶的身體高速向薩金花撞擊而去。

薩金花伸手試圖去接住兒子，李元慶的身體在半空中一個翻滾，在接連被藤野俊生擊中兩次之後，他居然還能控制住自己的身體在空中變向，李元慶避開了母親，因為他知道如果任由母親接住自己，自己很可能會把母親撞死當場。只是這樣一來，他就變成了飛向前方的石壁，李元慶飛出的速度實在太快，這次的撞擊就算不死也得要他半條性命。

一道灰色的身影斜刺裡衝了出來，一根纖細的竹杖在李元慶的身上輕輕一搭，李元慶高速飛行的身體頓時減緩了下來，歪歪斜斜摔到了一旁的雪堆之上，身體被積雪淹沒了大半。

雖然這一跤摔得異常狼狽，可是對李元慶來說卻意味著逃過一劫。竹杖搭在他的身上用的是四兩撥千斤的巧勁，看似輕輕一搭，卻巧妙化解了李元慶前衝的勢頭，只是還沒有完全化解藤野俊生那一腳踢出去的力量，否則李元慶應該穩穩站住才對。

於關鍵時刻出手的人是吳傑，藤野俊生看到吳傑新仇舊恨湧上心頭，相比羅獵毀掉黑堡的仇恨，吳傑和他是殺子之仇，後者對他才是真正的不共戴天之仇。

羅獵和張長弓看到吳傑現身，都是心頭大慰，吳傑的實力毋庸置疑，這種超強能力者可以主宰戰鬥的最終成敗。

吳傑冷冷道：「不必講什麼規矩，大家並肩子上。」說話的時候，已經向藤野俊生衝去，他移動的速度奇快，在眾人的眼前竟然達到了瞬移的效果，眾人只覺得眼前一花，宛如鬼魅般的吳傑已經出現在藤野俊生的面前。

吳傑手中的竹杖向藤野俊生點去，距離藤野俊生還有一丈左右之時，感覺遭遇到一堵無形屏障，竹杖高速行進的勢頭頓時減緩，越往前行越是艱難，竹杖好不容易才推進到距離藤野俊生一米左右，已經無法再進分毫。

藤野俊生的目光充滿了鄙夷，他緩緩伸出手去準備抓住吳傑的那根竹杖。就在此時竹杖啪地一聲從中開裂，竹竿從中心分裂成千絲萬縷，在千絲萬縷的包繞之中，一柄閃爍著藍色精芒的細窄長劍直刺藤野俊生的心口。

藤野俊生意識到吳傑保留了實力，正如這柄暗藏於竹竿中的細劍一樣，吳傑也隱藏了自身的鋒芒，不到最後他不會暴露出真正的實力。

張長弓從後方衝了上來，一刀向藤野俊生攔腰斬去。

藤野俊生緩緩伸出手去，一把抓住了細劍的劍身，對於身後張長弓的強襲他看都不看，任憑那一刀砍在他的身上，咄的一聲，張長弓這一刀砍了個正著，以他的力量和刀速就算是一塊頑石也能劈成兩半，可是這一刀砍在藤野俊生的身上，僅僅是砍開了藤野俊生的外袍，露出裡面閃爍著烏青色光芒的鱗甲。

吳傑在刺出那一劍之後感覺前方的阻擋力陡然消失於無形，他的身體傾斜前衝，人劍合一，試圖發揮出這一擊最大的力量。

藤野俊生抓住了劍鋒，細劍因為承受兩種不同的力量而拱起，若非劍身超強的韌性，只怕早已折斷。

張長弓一刀沒有得逞，發現藤野俊生的身上居然擁有和方克文、李元慶一樣的鱗甲，憑藉這身鱗甲藤野俊生刀槍不入，張長弓沒有嘗試再次用刀劈砍，因為他知道這樣做不會有任何的作用。棄去長刀，揮拳向藤野俊生的後心全力砸去。

藤野俊生依然不閃不避，張長弓全力出擊的一拳砸在了他的後心，強大的力量依然沒有給藤野俊生造成任何的傷害。吳傑卻從劍柄上感覺到一股突然增強的力量，他意識到藤野俊生將張長弓擊打的力量傳遞到了自己的身上。

吳傑的第一反應就是棄劍，因為他清楚地知道自己無法承受這突然增大力量的衝擊，現在等於是張長弓和藤野俊生兩人合力攻擊自己，對付一個藤野俊生已經足夠勉強，更何況還加上張長弓。吳傑選擇棄劍是為了躲過和這股強大合力的正面交鋒，可是當他想要棄劍的時候卻發現自己的手掌被一股無形的牽引力牢牢吸附在劍柄之上。

張長弓擊中藤野俊生之後也馬上回收拳頭，他的目的不是為了撤離，收回拳頭是為了再狠狠擊打第二拳。然而張長弓馬上就明白，這一拳打出去雖然容易，可想要收回來太難。他醋缽大小的拳頭竟然黏在了藤野俊生的後背，張長弓此驚非同小可，他揚起左拳，準備再給藤野俊生一記重擊，可揚起拳頭之後遲遲沒有落下，他擔心剛才的一幕重演，非但不能擺脫藤野俊生的束縛，反而越陷越深。

張長弓的左手從箭囊中抽出一支羽箭，揚起羽箭向藤野俊生的頸部扎去，他們距離很近，張長弓看得清楚藤野俊生的頸後並無鱗甲覆蓋，鏃尖雖然刺中了藤野俊生的頸部，可是根本無法穿破藤野俊生堅韌的肌膚。

吳傑感覺到自己的掌心如同開了一個口子，體內的力量從這個口子向外飛快流瀉，隨著力量的流瀉，宛如拱橋般的細劍變得雪亮，亮得耀眼。

吳傑灰白色的盲目古怪地向上翻動著，他大吼道：「吞噬者，你是吞噬者！

所有人都不要靠近他！」

羅獵已經衝到了中途，聽到吞噬者三個字的時候他猛然停下了腳步，他知道吞噬者的意義。

藤野晴子就在不遠處，身為設局者的她此刻彷彿沒事人一樣望著現場的變化。當她意識到羅獵的目光落在自己的臉上，側過臉去，向羅獵報以禮貌而矜持的一笑。

羅獵道：「你明明知道他是吞噬者，為何不提醒大家？」

藤野晴子幽然歎了口氣道：「我想要提醒來著，可惜晚了。」

張長弓體內力量向外飛泄的速度比吳傑更快，他大叫道：「我的力量都被他吸走了！」

羅獵怒視藤野晴子道：「如何破解？」

藤野晴子道：「破解不了，誰靠近都會被他把力量吸走。」

羅獵舉起了手槍。

藤野晴子搖了搖頭，意思是沒用，以藤野俊生現在的身體狀態，尋常的武器不可能對他造成任何的傷害。

羅獵瞄準的目標卻並不是藤野俊生，他對準那幾乎彎曲成為拱形的細劍，子彈接連射中了拱形的最高點，細窄的劍身被子彈擊中之後劇烈震顫著，可是地玄晶打造的劍身極其堅韌，羅獵將槍膛內的子彈射完，都沒有成功將細劍擊斷。

羅獵換上了新的彈夾，此時遠處一道藍色的火線擊中了細劍，噹啷一聲，細劍從中折斷，開槍的是及時趕到的阿諾，這一槍他用上了地玄晶特製的子彈，剛才羅獵的連續射擊雖然沒有將細劍擊斷，可是劍身已經被子彈擊打的溫度急劇升高。阿諾的這一槍成為了壓垮駱駝的最後一根稻草，成功將細劍擊斷。

吳傑如釋重負，在細劍斷裂之後，他毫不猶豫地向後連續倒翻，落地之時一個踉蹌險些坐倒在地上，他暗叫慚愧，如果不是羅獵和阿諾先後出手，自己體內的能量恐怕會被藤野俊生吸得乾乾淨淨，氣力衰竭而亡。

吳傑的危機雖然過去，可是張長弓所面臨的狀況卻越發凶險，剛才藤野俊生還要分心對付兩人，現在只需對付一個，張長弓所承受的壓力自然倍增，確切地說是吸力，張長弓只覺得體內的氣力從拳頭不斷向外飛逝。

羅獵從藤野晴子冷漠的表情中突然明白了什麼，他大聲道：「我先殺了你！」話音未落，已經揚手向藤野晴子射出一記飛刀。

其他人都是一怔，可馬上同時明白了過來，羅獵是在圍魏救趙，藤野俊生的目的只怕不是現在就殺掉藤野晴子，藤野晴子的身上有他想要的東西，羅獵對藤

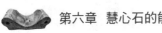

野晴子發動攻擊也是無奈之下的選擇，他總不能眼睜睜看著老友被藤野俊生抽乾能量而死。

藤野晴子身體瞬間移動，她的速度甚至比起身法快捷的吳傑更快，當她移動之時已經看清羅獵出刀絕不是為了殺死自己，羅獵向她眨了眨眼睛，藤野晴子明白，羅獵是要自己配合他的計畫。

藤野晴子原本對張長弓的性命漠然置之，可是她如果不配合羅獵的計畫，恐怕羅獵真可能聯合其他人對自己痛下殺手，到時候自己的計畫可能就要全盤落空。

藤野晴子心中念頭瞬間已經轉了無數，身體居然主動迎向那柄飛刀，尖叫一聲，肩頭染血。

藤野俊生聽到藤野晴子的這聲尖叫，內心不由得產生了波動，羅獵無疑看出了他的弱點所在，他雖然不在乎藤野晴子的性命，但是在自己還未達到目的之前卻不能看著她死，藤野俊生也猜到或許只是對方在設局，可他不敢冒險，在這件事上也不能冒任何的風險。

藤野俊生一拳將張長弓打得橫飛出去，然後向前跨出一步，身體竟然騰躍三丈，而後俯衝直下，向羅獵的後心一拳攻去。

羅獵耳聽六路眼觀八方，在藤野俊生放開張長弓之後，他的注意力就從藤野晴子身上轉移，全都轉移到了藤野俊生的身上。背對一個實力強於自己數倍的對手，羅獵不敢托大，他沒有選擇向前逃避，而是以左腳為軸心，逆時針轉動身體，這樣一來就變成了面對藤野俊生。

藤野俊生看到羅獵居然沒有選擇逃跑以避鋒芒，心中不由得大喜過望，以自己今時今日的實力足以正面擊敗這世上任何的對手，雖然他剛才未能將吳傑和張長弓體內的能量全都化為己用，可畢竟已經吸收了不少加上此前的積累，藤野俊生真正的實力要數倍於羅獵。

羅獵的雙目盯住了藤野俊生，藤野俊生遭遇到他的目光，內心中一陣慌亂，意識在短時間內產生了恍惚。羅獵正是要險中求勝，唯有正面對付藤野俊生方才有入侵其腦域的機會，如果可以控制住藤野俊生的腦域，也就意味著擁有了擊敗藤野俊生的機會。

羅獵似乎看到藤野俊生開啟的腦域之門，他的意識投影正準備以蒼狼之姿衝入藤野俊生的腦域之時，那扇發光的門洞卻又突然關閉，光芒被黑暗吞噬，藤野俊生的一雙深邃的雙目重新恢復了清明。

羅獵雖然未能成功侵入藤野俊生的腦域，卻也為自己贏得了緩衝的機會，藤野俊生的這次偷襲因為意識被羅獵干擾，所以並未一氣呵成，一鼓作氣勢如虎，中途一旦受到干擾，氣勢自然大打折扣。

羅獵右手一動，兩柄飛刀在電光石火的剎那射向藤野俊生的雙目，藤野俊生目光直視雙刀，那雙飛刀似乎被無形目光所阻在距離他面門一尺處停滯不前。羅獵並沒有指望射出的飛刀能夠給藤野俊生造成傷害，目的只是為了阻擋他的進攻，在侵入藤野俊生腦域失敗之後，他的下一步就是撤退。

看似簡單短暫的交鋒其中卻蘊含著智慧和膽色的多次碰撞，周圍人看在眼裡，心中都是暗暗佩服，單論武力，現在的羅獵應當稱不上第一，可是論到頭腦之清晰，臨危不亂的變局能力，絕無第二人能與羅獵比肩。

然而眾人很快又明白，絕對的實力可以應對任何的精心謀劃，羅獵雖然撤退，可並不意味著他逃脫了藤野俊生的攻擊範圍。

藤野俊生雙臂揮舞，宛如抱月，羅獵感覺自己奔行中的身體如同撞在了一張無形的大網之上，竟然無法繼續向前邁出步伐。非但如此，一股強大的吸引力將他向藤野俊生牽引而去。

羅獵苦苦與這股強大的吸引力對抗之時，藤野俊生已經瞬間移動到他的身邊，雙手抓住了羅獵的一雙手腕，臉上的表情越發猙獰。

周圍眾人看到羅獵遇險，張長弓、阿諾第一時間想要衝上前去，卻被羅獵大吼一聲制止。

張長弓看到羅獵捨命將自己救出，反倒陷入囹圄，內心之中焦急萬分，他才不管羅獵是否制止，不顧一切地向前衝去，吳傑及時將他攔住，提醒他道：「你現在過去也沒什麼用處，只不過白白為他補充能量。」

張長弓怒道：「那也不能見死不救！」

藤野晴子的聲音在一旁響起：「他說得不錯，吞噬者可以吸收任何異能者的能量，只是你們不必擔心，羅獵不是異能者。」

張長弓向吳傑看了一眼，此時他方才意識到吳傑和自己一樣同樣身體發生了變異，至於羅獵，張長弓並不清楚他到底是不是藤野晴子口中的異能者。

羅獵雖身處險境，可卻變得異常鎮定，這樣的距離讓他有了和藤野俊生直面相對的機會，利用這樣的機會，他或可再次侵入藤野俊生的腦域，藤野俊生這種吞噬者，所吞噬的只是異能者的身體能量，反倒普通人受到的影響不大。

藤野俊生試圖吸取羅獵體內的異能，在他看來羅獵體內的異能應當比其他人更為強大，可是他很快就失望了，從羅獵體內雖然湧出了少許的能量，但是如果和此前的兩人相比宛如小溪比之於大江，只能說是小巫見大巫了。

藤野俊生內心中的失望讓他恨不能現在就甩脫羅獵的手腕，然後一拳將這個金玉其外的小子打得粉身碎骨。然而就在他準備放棄之時，一股前所未有的磅礴力量衝入了自己的身體。

羅獵無數次體會到置死地而後生的滋味，但是從未有過如今這樣的驚喜，甚至連他自己都沒有想到自己的體內竟然蘊含著如此龐大的力量，他本以為慧心石的能量早已被龍玉公主竊走，可現在這種熟悉的力量分明是慧心石的能量。

因為這龐大的力量藤野俊生的沮喪瞬間被驚喜取代，如果能夠吞噬這樣的能量，他的力量將會攀升到人體能夠達到的極限，他在這個世界上就可以真正做到無可匹敵。

羅獵並沒有感受到吳傑和張長弓那種身體被抽空的滋味，可能因為慧心石的殘餘能量始終在體內沉睡，如果不是藤野俊生意圖吞噬，這能量或許會一直沉睡下去，藤野俊生也沒有料到自己會喚醒羅獵身體的能量。

藤野俊生對能量的吞噬是極其貪心的，他竭力吸取著羅獵體內的能量，試圖在最短的時間內將對方所有的能量都據為己有。

藤野晴子望著眼前的一幕，唇角卻露出一絲古怪的笑意，她輕聲道：「貪心不足蛇吞象！」

藤野俊生感覺自己的身體經脈開始產生一種細微的撕裂痛楚，他意識到能量進入體內的速度太快，自己的經脈已經無法承受短時間內湧入那麼多的能量，而他的丹田也開始隱隱作痛，聯想起藤野晴子的這句話，他開始有些惶恐，內心中居然生出要擺脫羅獵的想法。

羅獵的表情從容不迫，淡然道：「貪多嚼不爛，這世上不乏撐死的人。」

藤野俊生想要掙脫開來，可是雙手和羅獵的手腕竟似黏在了一起，身體撕裂般的疼痛越來越清晰，周身的經脈都開始鼓漲開來。藤野俊生心中大駭，在他將自身改造成為吞噬者的過程中，只看到了不斷吸取異能者能量，自身實力不斷壯大的喜悅，卻忽略了一個最為尋常的道理，水滿自溢，月虧則盈，自己精心改造的身體雖然強於常人，可終究不是沒有極限，對他人異能的吸收也是一樣。

當然更主要的原因是他遇到了羅獵，羅獵表面上看並無任何的異能，可是他的體內曾經融入了慧心石，甚至連羅獵自己都認為慧心石的能量已經被龍玉竊走，可藤野俊生這次想要掠奪他體內能量的行為反倒喚醒了一直沉睡的慧心石。

羅獵感覺體內能量源源不斷生息而起，這能量似乎無窮無盡。這世上的任何事都有兩面性，如果不是藤野俊生的緣故，羅獵體內的能量自然覺醒，那麼羅獵的身體興許無法承受住短時間內暴漲的能量，如同洪水決堤，甚至可能導致他經脈爆裂。

藤野俊生等於將羅獵體內封閉的經脈打開了一條口子，暴漲的能量剛好可以通過這條途徑得以宣洩。

周圍眾人都不敢貿然向前，張長弓看到羅獵和藤野俊生膠著在一起，不知羅獵是否被這老怪物抽乾。

沒有人比羅獵更清楚發生了什麼，現在就算藤野俊生想要離開，他也不會輕易放手，羅獵微笑道：「你們放心，我沒事。」

吳傑聽羅獵這麼說頓時放下心來，從羅獵的聲音能夠聽出他中氣充沛似乎更勝往昔，事實上吳傑對這個年輕人從未失望過，羅獵當初既然能夠戰勝雄獅王，藤野俊生就算將身體改造得如何強橫，也應當無法和雄獅王相提並論。

藤野俊生的雙目流露出前所未有的惶恐，所有暴露在外面的肌膚青筋鼓漲，雙眼因毛細血管爆裂而變得血紅，血水從眼眶中不停滲出。

眾人都已經看出藤野俊生是強弩之末，用不了太久時間就會經脈盡斷而亡。藤野晴子卻在此時突然向前衝去，其他人看到藤野晴子的動作都是吃了一驚，畢竟現在大局已定，她的貿然加入可能會導致功敗垂成。

藤野晴子一掌向藤野俊生的後心擊去，眾人意識到的時候已經來不及阻止。

啪的一掌，藤野晴子果真擊中了藤野俊生後心，藤野俊生身軀劇震，他感覺後心處如同被開了一個口子，體內膨脹欲裂的能量頓時從這缺口向外宣洩而去。

在外人看來，藤野晴子不自量力，在此時出手，準備投機取巧，卻被藤野俊生吸住手掌無法脫離。

可真正的狀況只有在場的三人清楚，羅獵體內的能量仍然不停注入藤野俊生的體內，藤野俊生體內的能量卻如同大河決堤一般向藤野晴子那邊奔逸。

羅獵感覺來自藤野俊生體內的吸引力越來越弱，可藤野俊生此時的內心卻變得越發惶恐，螳螂捕蟬黃雀在後，他今天不自量力想要吸取羅獵的能量，眼看就要被來自於羅獵強大的能量活活漲死。藤野晴子的出手卻不是為了幫他，而是採用和他相同的辦法搶奪他的能量，藤野晴子也是吞噬者，而且她的身體應該比自已更加完善。

藤野俊生一時間萬念俱灰，自己機關算盡，到最後反倒為他人做嫁衣裳，什麼家族的榮譽，什麼血海深仇，只怕今生今世已經沒有任何的可能。

藤野晴子短時間內就已經能夠將藤野俊生體內的能量吞噬殆盡，隨著藤野俊生體內的能量耗盡，他再也無力從羅獵那邊獲取絲毫的能量，位於兩人之間的藤野俊生軟綿綿倒在了地上。

羅獵收回自己的手掌，冷冷望著藤野晴子，語氣嚴厲道：「這個局布得真是漂亮。」

藤野晴子精神抖擻，短時間內彷彿年輕了十歲，背脊挺拔，雙目精芒四射，她幾乎得到了藤野俊生的全部力量，以她現在的實力有把握和任何人一戰，藤野晴子冷冰冰的臉上不見任何暖意：「沒人請你入局。」

羅獵道：「你以為自己能夠離開嗎？」

藤野晴子歎了口氣道：「既然敢引你入局，就必須留足後手，如果你不在乎她的性命，你只管向我出手。」她將一張相片拋向羅獵，薄薄的相片以均勻的速度飛向羅獵，任憑周圍狂風呼嘯都不受到任何的影響，單從她的這次出手就已經能夠看出她如今的實力強橫到何種地步。

相片在飛到羅獵面前兩尺處凝滯於虛空之中不動，羅獵拿起照片，照片上一位女孩明眸皓齒，正是麻雀，其實這張照片他也此前就見到過，是蘭喜妹拿給自己的，也是那時候羅獵知道麻雀回到了蒼白山。

羅獵將照片收入自己的口袋，然後道：「我覺得自己應該有討價還價的機會。」以眾敵寡，他還是有拿下藤野晴子的機會。

藤野晴子道：「你高估了自己，低估了我，我對你的瞭解甚至超過了你自己。」她歎了口氣又道：「我連親叔叔都可以殺，這個世上還有什麼是我捨不得的？而你捨不得的人還有太多。」她的目光從周圍一一掃過。

羅獵知道藤野晴子說的全都是實話，和她相比自己的牽掛實在太多。

藤野晴子道：「我不想和你為敵，我將藤野俊生交給你，從今以後你我井水不犯河水。」

羅獵斟酌了一下，終於將目光垂落下去，地上的藤野俊生奄奄一息，其實就算他能夠苟活下去也沒有任何的意義了。

藤野晴子轉身向遠方走去，眼看她就要走遠，薩金花忽然發出一聲尖叫，不顧一切地撲了上去：「賤人，你害了我一家，你害了我兒子……」她還未接近藤野晴子，身軀就被一股無形的力量彈射出去，滾落在雪地之上。

李長青呼喊著妻子的名字奔了過去，李元慶爆發出一聲怒吼，猛然向藤野晴子撲去，藤野晴子右手一揚，一顆巨石凌空飛起，小山一樣的巨石向李元慶的頭頂砸去。

李元慶被巨石蓬地一聲砸入雪地之中。

李長青夫婦哭喊著從地上爬起向這邊衝來，藤野晴子雙目之中殺機隱現。

羅獵的身影出現在她的面前，輕聲道：「你的目的既然已經達到，何不放他們一馬？」

藤野晴子冷笑道：「我憑什麼要給你面子？」

羅獵道：「你拿了我的東西，自然要付出一些代價。」

藤野晴子心知肚明，雖然自己吞噬了藤野俊生的能量，可歸根結底其中大部分的能量都來自於羅獵，她點了點頭，準備就此離去的時候，羅獵又道：「他們一家因你飽嘗痛苦，你可否多做一些好事？」

藤野晴子道：「解藥本來就在你的手裡。」說完這句話她頭也不回地向遠方走去。

張長弓幾人合力才將那塊巨石移開，張長弓累得氣喘吁吁，他意識到自己的體力大打折扣，全都是因為剛才被藤野俊生吸走了力量。

藤野俊生躺在地上，他甚至連坐起來的力量都沒有，吳傑來到他的身邊，居高臨下地對著他，雖然藤野俊生知道他什麼都看不見，卻仍然從心底感覺到對方的鄙視和不屑，自己幾乎就要成功，可轉眼之間就變成了任人宰割的羔羊。

藤野俊生道：「你殺了我吧？」

吳傑道：「你走不出飛鷹堡。」

藤野俊生黯然點了點頭，他知道自己已經接近油盡燈枯的境地，就算沒有人殺他，他也無法走出飛鷹堡，即便是能夠走出飛鷹堡，也無法活著離開蒼白山。

吳傑道：「她是你侄女？」

藤野俊生道：「是！」說出這個字的時候，他內心中居然沒有太多的遺憾，甚至產生了些許的驕傲，藤野家不會就此覆滅，無論藤野晴子採取了怎樣的手段，她都是最後的勝利者，同樣她無法抹去藤野家的印記。

吳傑道：「走吧，有多遠走多遠！」

藤野俊生從地上坐起來的時候，所有人都已經離去，他從雪地上找到了一根木棍，拄著木棍顫巍巍向前走去，沒走幾步就看到前方山岩上有一頭青狼正死死盯住了自己，藤野俊生沒有感到害怕，他棄去木棍，張開了雙臂，緩緩閉上雙目道：「結束吧……」

蒼白山腳下已經是春光燦爛，鐵娃指著山腳下的小城激動道：「白山！」張長弓笑著拍了拍他的肩膀，陸威霖和阿諾兩人同時回過頭去，看到遠遠落在後面的羅獵。

阿諾叫道：「羅獵，你想啥呢？」

羅獵不好意思地笑了笑，快步來到同伴的中間，看到滿頭大汗的張長弓，羅獵關切道：「張大哥，你感覺怎樣？」

張長弓道：「力氣只剩下過去的一半了。」

阿諾忍不住罵道：「娘的，藤野俊生真是害人不淺。」

陸威霖道：「罪魁禍首還是藤野晴子。」

阿諾道：「我就不明白，咱們為什麼不一起上將那娘們給滅了？」

幾人的目光都投向羅獵，當時和藤野晴子達成協議的是他，具體什麼協議誰都不清楚，可結果所有人都看到了。

陸威霖道：「那瓶真是解藥？」

羅獵點了點頭道：「是解藥。」

張長弓道：「李長青一家也算是因禍得福，不過可惜了那孩子。」

羅獵道：「那孩子也沒事。」

幾人不明白羅獵是什麼意思，羅獵唇角露出一絲微笑，誰又能想到，在薩金花服下解藥之後，不但恢復了理智，而且居然有了奶水，李元慶被巨石砸中之後，昏迷了一天一夜，在這一天一夜，他居然說胡話想要吃奶，當娘親的又如何忍心，薩金花餵他吃奶之後，李元慶很快就褪去一身鱗甲，變成了一個健壯的小夥子，雖然仍然不是兩歲孩子的模樣，可至少不會被人當成怪物了。

經此變故，李長青已經看透一切，他向羅獵說過，馬上就會將飛鷹堡交給手下，自己帶著家人遠走高飛。

藤野俊生死後，自然無人再關注家樂的去向，徐北山去了一個心病，他也正式宣佈讓兒子認祖歸宗，並為此大宴賓客。

羅獵作為此事功勞最大的人也受到了徐北山的邀請，不過羅獵並未出席，徐北山宴客當日，他已經登上了前往津門的列車，下周就是清明，他要在清明為母親掃墓。

此番張長弓和羅獵同行，在火車上張長弓提起徐北山的事情，仍然覺得奇怪，他懷疑家樂只是一個複製體罷了，羅獵對此不予置評，心中卻不時想起了麻雀，不知她因何回到了國內，又怎麼與藤野晴子扯上了關係。

羅獵對自己現在的實力並無一個準確的判斷，可是他也能夠推斷出自己要比過去提升很大一個台階，至於藤野晴子，她必然因為這次的事情獲益匪淺，興許真正的實力還要在自己之上。

宋昌金在藤野晴子佈局的過程中起到了非常關鍵的作用，如果沒有他，自己不會被一步步引入其中，羅獵總覺得宋昌金還有許多的事情瞞著自己，坐在車窗前，他禁不住取出了母親的那枚指環，宋昌金因何得到了這枚指環？他、藤野晴子和母親之間又有怎樣的關係？

西開教堂已經竣工了，羅獵站在西開教堂前，仰望著正午太陽下熠熠生輝的十字架，臉上露出欣慰的笑意，他一生中最痛苦的那段時間就是在此渡過。

他們來到民安小學前，羅獵滿心期待著洪爺爺慈祥可親的笑容，期待著英子姐笑罵自己的聲音，可看到校園內正在掃地的一位老人卻不是老洪頭，羅獵心中一怔，按理說不會發生這樣的狀況，洪爺爺一家早已和這間小學融為一體，小學就是他們的家，只要洪爺爺能夠走得動，就不可能讓他人代勞。

張長弓第一次看到羅獵失去了鎮定，羅獵快步來到那位老人面前，深呼吸之後方才道：「老人家，請問洪爺爺在嗎？」

掃地的老人抬起頭看了看羅獵，他是小學新雇來的校工，此前並未見過羅獵，他搖了搖頭道：「不認識。」

羅獵明顯不安了起來：「英子在嗎？她一直在這裡教書的。」

掃地的老人依然搖了搖頭。

羅獵大步向校園內走去，老人伸出笤帚想攔住他：「噯，你不能進啊……」

張長弓樂呵呵將老人攔住：「老人家，我們找人，找人！」

羅獵衝入校園，快步飛奔到老洪頭昔日住的地方，發現那裡已經變成了一片瓦礫，不但是老洪頭的住處，甚至連過去他和母親的故居也已經被人拆除不復存在了。

羅獵下意識地握緊了雙拳，心中怒火中燒，他的直覺告訴自己洪爺爺一家一定出了事。

對羅獵來說，這世上只剩下洪爺爺和英子兩個親人了，這片地方還承載著他兒時的記憶，洪爺爺曾經說過，只要他還有一口氣在，這裡就會永遠保持原狀。

三名男子聞訊趕來，其中一人是教務處主任，還有兩人是學校維持秩序的保安，教務處主任指著羅獵道：「你誰啊？知不知道這裡是什麼地方？」

羅獵猛然轉過臉去，憤怒的目光嚇了幾人一跳。

張長弓也闖了進來。

此時剛好是下課的時候，不少孩子都來到了操場上，羅獵強壓住心頭的怒火道：「請問洪英子和她爺爺去了什麼地方？」

那教務處主任搖了搖頭道：「我不認得什麼洪英子，這學校年初就被教會接管了，我們來的時候連一個老師都沒有。」

羅獵怒道：「撒謊！」如果不是有那麼多孩子在場，他肯定要揪住這油頭粉面的傢伙痛揍一頓，讓他老老實實交代清楚。

那教務處主任指著羅獵道：「你們最好快走，不然我馬上報警！」

張長弓在此時表現的要比羅獵冷靜了許多，他牽了牽羅獵的手臂，低聲道：「算了，他或許真不知道，咱們去教堂問問。」

羅獵經他提醒才想起，剛才對方說起學校被教會接管了的事情，於是冷靜了下來，和張長弓一起重新來到西開教堂。

說起西開教堂的法國主教杜寶祿，羅獵倒是跟他見過面，當初羅獵在最為消沉的時候在西開教堂當勞工，後來因為救了一名失足落下的勞工性命，引起了杜寶祿的注意，羅獵也是那時選擇離開。

杜寶祿第一眼見到羅獵的時候並沒有把他認出來，畢竟那時羅獵處於最為頹廢的時候，滿臉的絡腮鬍子，精神萎靡不振，而現在的羅獵身姿挺拔意氣風發。

羅獵道：「主教大人不認識我了？」

杜寶祿打量著羅獵愕然道：「您是……」

羅獵道：「在下張富貴，我曾經在這裡幹過活，當時主教大人還說過如果有用得上的地方只管來找您。」

經他這樣一提醒杜寶祿馬上就想了起來，他笑道：「你看我這記性，原來是你啊。」

羅獵微笑道：「主教大人貴人多忘事。」

杜寶祿是個中國通，他笑道：「你們中國人有句話叫，士別三日當刮目相看！」他邀請羅獵和張長弓來到教堂的後花園。

羅獵開門見山道：「主教大人，我來此是想向您諮詢一些事情。」

杜寶祿點了點頭道：「請說！」

「我記得旁邊的小學此前叫民安小學。」

杜寶祿這才知道對方是因為這座小學而來，他點了點頭道：「不錯，這小學過去是叫民安小學，可因為發生了一些變故，我不忍看到那些孩子無學可上，所以才接管了下來。」

羅獵道：「請問過去管理學校的洪老先生一家人去了哪裡？」

杜寶祿道：「這我倒是不太清楚，只聽說年初的某天晚上，突然來了一車軍警，他們將洪家人給帶走了，因為我並未親眼目睹，所以也不清楚那些軍警來自何方，後來我們還專門打聽過，警方並未聽到報案，也沒人知道他們的下落，這樣一來，學校就變得無人管理，老師們沒了薪水，也維持不下去生計，眼看著學校要散了，我們教會商量了一下決定接管這學校，就是你現在看到的樣子。」

羅獵點了點頭，從杜寶祿的言談舉止來判斷他應該沒有撒謊，其實他也沒有撒謊的必要。

杜寶祿道：「對了，還有，他們住的房子一個月前突然失火，等我們發現撲救，已經晚了，還好那幾棟房子離校舍較遠。」

羅獵道：「你們是不是打算在原址重建？」

杜寶祿道：「教會接管之後，前來報名的學生比過去更多，加蓋校舍是必須的。」

羅獵想到的另外一個關鍵人物就是董治軍，作為英子的丈夫，發生了那麼大的事情董治軍沒理由不知道，可等他來到董治軍所在的巡捕房方才知道，董治軍因為貪汙被關進了監獄。

羅獵開始意識到這應當是一連串的陰謀，而且很可能和自己有關，這些和自己關係密切的人全都出了事。

張長弓擔心羅獵會衝動，忍不住提醒他要冷靜，自從他認識羅獵以來還從未見羅獵如此衝動過，羅獵已經漸漸恢復了理性，換成過去，即便是得知洪爺爺一家出事，他也不會表現出今天的衝動，羅獵意識到在自己體內慧心石的能量重新覺醒之後，他的自控能力明顯減弱了許多。當然更重要的原因是關心則亂，其實越是到這種時候越不能亂了方寸。

羅獵斟酌之後決定還是先去尋求唐寶兒的幫助，他知道唐寶兒最近回到了津門，因為羅獵還背負著殺死于衛國的罪名，所以他並不適合在這種時候露面，於是將此事委託給了張長弓。

唐寶兒為人豪爽熱情，聽聞事情經過之後，馬上幫忙將董治軍保釋了出來。

羅獵在董治軍被保釋出來當晚見到了他，董治軍整個人瘦了一圈，他在獄中也遭受了不少折磨，見到羅獵，董治軍眼圈不由得紅了，他一個箭步衝上前去，抓住羅獵的手腕道：「小獵犬，你得幫我，你得幫我把你英子姐他們救出來。」

羅獵安慰他道：「姐夫，您別著急，先坐下來，把事情的經過從頭到尾給我說一遍。」

董治軍搖了搖頭道：「我也不知道具體發生了什麼事情，也不清楚他們究竟被誰帶走的，事發當晚我還在北平出差，回來之後，我到處打聽，有一點我能斷定，這件事不是津門本地人做的。」

羅獵皺了皺眉頭：「你能肯定？」

董治軍用力點了點頭道：「我敢肯定，我幾乎走遍了津門每一個巡捕房和監獄，甚至連當地駐軍的軍營我都去過。」

羅獵道：「你為什麼沒跟我說？」

董治軍歎了口氣道：「當時你正在被全國通緝，我去哪裡找你？」

羅獵暗自慚愧，他認為這件事十有八九跟自己有關，洪爺爺和英子應當是被自己連累了，過去他一直嘗試保守這個秘密，避免讓外人知道他們之間的關係，可現在看來，天下間無不透風的牆，自己和洪家的關係終究還是被人覺察到了。藤野晴子既然能夠查到自己的母親，就應該可以查到這裡。

羅獵在心底深處選出了幾個可能，現在要做的，就是從幾個可疑人物中篩選出事件的策劃者。

董治軍道：「就快三個月了，你說他們該不會……」

羅獵搖了搖頭道：「不會，洪爺爺和英子姐沒什麼仇人。」

董治軍道：「我也沒什麼仇人。」

羅獵道：「應該因為我。」

其實董治軍心裡也是這般想，只是礙於情面沒有將這此事點破。董治軍道：「你覺得是誰做了這件事？」

羅獵沒有說話，起身走到窗前，推開窗戶，望著夜空中的明月，呆呆入神。

董治軍道：「無論怎樣我都要找到他們。」

羅獵道：「姐夫，這件事你不用再管了，你現在還在保釋期，我會找人幫你解決這場官司，其他的事情我來解決，我向你保證，我一定把他們找回來。」羅獵說話的時候始終沒有回頭，因為他害怕看到董治軍的目光，因為他心中充滿了負疚。

董治軍道：「我信你！」

「不早了，姐夫回去休息吧。」

董治軍走後，張長弓來到羅獵的房間內，從羅獵的表情就看出他不開心，張長弓道：「你這個人啊，不管什麼事情都喜歡往自己的肩上扛。」

羅獵知道他的良苦用心，長歎了一口氣道：「都怪我，像我這樣麻煩的人，本不該期望什麼家的溫暖。」這才是羅獵在最消沉的時候來到這裡的原因，在洪爺爺和英子身邊他才會感受到家的溫暖，這種溫暖可以療傷，而羅獵現在最大的後悔就是自己過多地來到了這裡，他的內疚源於對自己自私行為的認知，如果不是自己，洪爺爺和英子也不會有這場劫難。

張長弓在羅獵的身旁坐下：「你覺得是誰？」

羅獵道：「從時間上來判斷，最可疑的是任天駿。」

張長弓怒道：「小王八蛋，我饒不了他。」

羅獵道：「還有一個可能，是于家。」他之所以被通緝，是因為于衛國之死算在了他的身上，于家對他恨之入骨。

張長弓道：「那你打算怎麼辦？」

羅獵道：「不管是誰做的這件事，他們最終的目的還是想我死，應當是要利用此事設下一個圈套等著我去鑽進去，所以……」他停頓了一下方才道：「很快就會有消息。」

張長弓道：「難道我們被監視了？」

羅獵搖了搖頭道：「不用監視我們，我姐夫被保釋那麼明顯的事情瞞不住。」他起身道：「我一個人出去走走。」

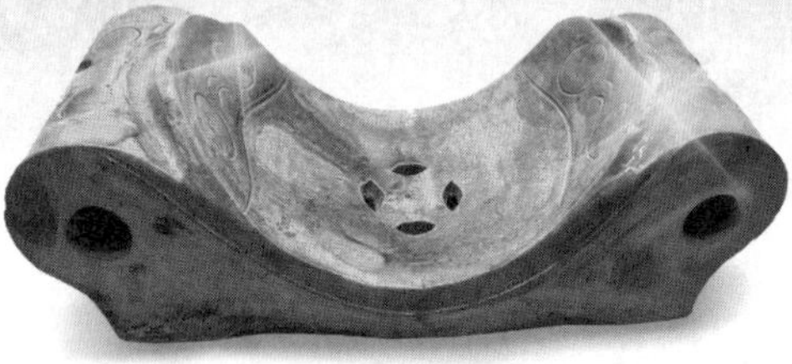

第七章

殘酷的真相

羅獵內心劇震，按照宋昌金的說法，
三泉圖乃是爺爺羅公權留給他的，
也就是說母親的指環落在了爺爺的手裡，
初看這件事似乎尋常，可是卻細思極恐，
他開始意識到宋昌金因何說出真相殘酷的話。

夜涼若水，羅獵走在如水銀瀉地的月光中，步履緩慢而沉重。腦海中回憶著過往的一幕幕情景，他將洪家的變故全都歸咎到自己的身上，如果時光能夠倒回，他絕不會選擇打擾洪家平靜的生活。

羅獵漫無目的地走著，不知不覺來到了西開教堂的前方，隔著道路遠遠眺望著教堂窗口的燈光，卻並沒有從橘色的燈光中感受到絲毫的溫暖，發了一會兒呆，羅獵決定前往小學看看，這個時間學校的大門早已關閉了，羅獵也沒打算從正門進去，選擇從東北角的院牆翻牆而入。

整個校園內鴉雀無聲，只有操場的旁邊掛著一盞孤獨的夜燈。

羅獵確信周圍沒有人，這才悄悄向已經淪為一片廢墟的故居走去。

其實白天羅獵就發現這裡有燒焦的痕跡，杜寶祿應該沒有欺騙自己，這幾間房屋應當遭遇了火災，因為成為了危房，校方為了安全起見將房屋拆除，建材垃圾並未清運完畢，

羅獵走在這已經淪為一片瓦礫的廢墟之上，這曾經承載著他兒時記憶的地方已經不復存在了。羅獵在廢墟中待了一個小時方才離去，臨行之時他再次回頭看了看這片地方，或許他這一生都不會再踏足這裡……

翌日清晨，羅獵去了崇光寺，現在的崇光寺也已經只是一個地名，他來崇光

寺的目的是為了祭奠母親，母親去世之後，骨灰曾經暫存於崇光寺，可一場大火卻讓崇光寺變成了廢墟，母親的骨灰也在大火中不知所蹤。

走入曲徑通幽的樹林，在這片樹林中有一大片空曠的土地，這裡就是崇光寺的遺址，那場大火將崇光寺宏偉的殿宇燒得乾乾淨淨，不過廢墟上仍然可以看到不少被歲月洗刷乾淨的石料，最多的就是石基和殘碑。

羅獵在一塊直徑約三米的巨大石材蓮花基座前方停下，據說這裡就是大雄寶殿的遺址，蓮花寶座之上供奉的就是佛祖釋迦摩尼的金身塑像，不過因為是木胎所以也被那場大火焚毀。

羅獵點燃了三支清香，在蓮花寶座前祭拜，呈上了自己帶來的祭品，祭拜之後，就在一旁選了個乾淨的石碑坐下，靜靜望著清香燃盡，回憶著母親昔日的音容笑貌。

如果父親和母親在天有靈，他們應當已經重逢了。自己本該是姓沈的，羅獵暗自想道，其實父親和母親並不是真正意義上的死亡，如果歷史沒有變化，在下個世紀初他們才會出生，在二〇三九年因為雍州鼎的出現，他們才會乘坐時間機器，穿越時空來到而今的時代。

如果父母沒有參加毀滅九鼎的行動，那麼他們會永遠生活在二十一世紀，而自己興許也會出生在那個世紀吧。

想到這裡羅獵的唇角露出一絲苦澀的微笑，自己真是一個怪物，任誰也不會相信一對來自二十一世紀的夫婦在二十世紀初生下了自己。

按照沈忘憂的說法，母親被定義為rebel，也就是背叛者，在母親離開的時候，包括沈忘憂在內的所有人都不知道她已經有了身孕，羅獵甚至想過，如果生父知道了這件事甚至會逼迫母親放棄自己，因為他們這群穿越者恪守的法則就是不可以改變歷史，自己出生是違背法則的。

羅獵承認自己對母親的感情要遠比生父沈忘憂深厚得多，他對生父所有的瞭解都是通過他植入自己體內的智慧種子，智慧種子讓他獲取了太多超越常人乃至這個時代的知識和文化，可智慧種子也不是萬能的，它無法幫助自己瞭解當年父母之間究竟發生了什麼，母親又為何選擇離開，為何又嫁入了羅家。

樹枝上烏鴉的叫聲打斷了羅獵的思緒，羅獵深深吸了一口清晨微涼的空氣，忽然意識到自己沒必要在這件事上刨根問底，有一點他能夠確定，母親的種種行為都是為了保護自己，而生父沈忘憂在得悉他們之間的關係之後，也將生的機會留給了自己。

遠處傳來腳步聲，在藤野俊生重新激發羅獵體內的潛能之後，羅獵方方面面的能力正處於不斷的提升階段，目前正處於將慧心石的能量不斷吸收的過程。

羅獵警惕地望著林中小道，平日裡很少有人會來這個地方，過了好一會兒，方才看到一個熟悉的身影出現在前方。

羅獵怎麼都想不到出現在自己面前的人居然是宋昌金，在飛鷹堡事件之後，宋昌金神秘失蹤，羅獵以為從此以後宋昌金都不敢再跟自己打照面，沒料到在設局坑了自己之後，他居然還敢大搖大擺地跟自己見面。

宋昌金看到羅獵，一臉沒心沒肺的笑，似乎從未做過任何虧心事。

羅獵也笑了，招呼道：「三叔，咱們今兒該不是湊巧遇上吧？」

宋昌金道：「我專門來找你，誰跑到這荒郊野外跟你巧遇啊！」

羅獵點了點頭道：「到底是家學淵源，膽兒真大，您以為我當真不捨得大義滅親呢？」

宋昌金搖了搖頭道：「不會，大侄子深明大義，又是個極重感情的人，對你沒這點信心我哪敢來啊。」他樂呵呵來到羅獵的身邊，挨著他坐下，主動掏出一包煙，從中抽出一支遞給羅獵。

羅獵搖了搖頭道：「戒了！」

宋昌金撇了撇嘴道：「戒什麼戒，誰也不能活兩輩子，做男人，想抽就抽，想喝就喝，想花就花，哈哈哈……」說到這裡他自己忍不住笑了。

可羅獵沒笑，因為他覺得沒什麼好笑的。

宋昌金用胳膊肘搗了羅獵一下：「借個火！」

羅獵雖然戒煙了，可倒是隨身帶著打火機，他掏出打火機幫宋昌金將香煙點燃了。

宋昌金用力抽了口煙，目光卻仍然盯著羅獵沒有來得及收回去的打火機，嘖嘖讚道：「打火機不錯，美國貨吧？」

羅獵從他貪婪的目光就知道他心中所想，將打火機遞了過去：「喜歡就送給你咯。」

宋昌金嘿嘿笑道：「就知道你大方。」喜孜孜地將打火機接了過去。

羅獵道：「這次過來又打算怎麼坑我？」

宋昌金正色道：「此言差矣，你是我親侄子，咱們老羅家的一根獨苗，我就算自己吃虧也不可能讓你吃虧。」

羅獵真是佩服他的臉皮，微笑道：「飛鷹堡的事兒您老都忘了？」

宋昌金道：「你沒吃虧吧？藤野俊生死了，藤野家樹倒猢猻散，以後沒人再找你的麻煩，徐北山承了你這麼大一個人情，只要在滿洲範圍內，你的安全就能夠得到保障，當然以你的能力也不需要他的幫忙。」

羅獵道：「你不是說徐北山就是羅水根，他跟老羅家有仇嗎？」

宋昌金嘿嘿笑道：「當時我也是形勢所迫，風九青那娘們威脅我啊。」

羅獵道：「我沒看出是威脅，你跟那日本女人的關係很不尋常呢。」

宋昌金道：「我也不知道她是日本人，如果知道我也不會瞞著你。」

羅獵將母親留下的指環取出在宋昌金的面前晃了一晃：「說吧，這是從哪裡得來的？」

宋昌金道：「我記得你在須彥陀的嘴巴裡找到了一顆珠子。」

羅獵點了點頭道：「有這回事。」他開始明白宋昌金此行的真正目的。

宋昌金道：「開個價唄。」

羅獵道：「我不缺錢。」

宋昌金道：「關於你母親的一些消息呢？」

羅獵道：「誰知道你哪句是真哪句是假？」

宋昌金道：「風九青跟你娘曾經是好友。」

羅獵似乎對他的這句話沒有半點興趣，起身準備走了，宋昌金意識到自己並沒有成功吸引羅獵的注意力，又道：「崇光寺毀於縱火，你母親的骨灰在失火前就被人轉移了。」

羅獵停下腳步，宋昌金顯然對當年發生的事情都非常的清楚。

宋昌金看到羅獵停下腳步，知道自己已經成功了一半，又道：「把那顆珠子給我，我告訴你誰是真凶。」

羅獵轉過身來，握緊的右手在宋昌金的面前展開，那顆藍色的珠子出現在宋昌金的面前，這顆珠子已經失去了當初剛剛見到時候的光芒，又可能是因為當時環境黑暗，這裡旭日東昇。

宋昌金想要走近看得清楚一些，羅獵卻又攥緊了拳頭，低聲道：「說出來，我就給你。」

宋昌金道：「你先給我。」

羅獵並沒有猶豫，將珠子拋給了他。

宋昌金接過珠子，仔細看了看，他確信這顆珠子就是當初羅獵從贔屭背上找到的那顆。

羅獵道：「我答應了你就不會反悔。」

宋昌金道：「真相通常是殘酷的，其實你不知道更好。」

羅獵道：「那就是不想交易了？」

宋昌金搖了搖頭，終於做出了決定：「這指環是和三泉圖一起發現的。」

羅獵內心劇震，按照宋昌金的說法，三泉圖乃是爺爺羅公權留給他的，也就是說母親的指環落在了爺爺的手裡，初看這件事似乎尋常，可是卻細思極恐，他開始意識到宋昌金因何說出真相殘酷的話。

宋昌金道：「我一直都不明白老爺子因何要對她痛下殺手，老爺子去世之後我才知道，當年你爹並非病死，而是死於……」

羅獵已經大步向樹林外走去，他不願停留下去，無論宋昌金說出怎樣的秘密他都不想聽，其實聽與不聽已經不再重要，他已經知道了結果。

董治軍果然很快就帶來了消息，羅獵回到旅社就遇到了滿面焦急的董治軍，董治軍在回到家中不久就收到了一封信，信中只有一張照片，照片上是英子爺孫兩人，照片的背面寫著日期和地址。

羅獵看了看那張照片，照片的日期是在半個月之前，如果資訊無誤，英子和爺爺半個月之前應該在皖南徽州出現過。

董治軍激動道：「他們應當在皖南，我這就去找他們。」

張長弓提醒董治軍道：「可能只是一個圈套，想要把咱們引過去。」

董治軍道：「就算是圈套我也要去，就算犧牲這條性命我也要將他們救出來。」

羅獵道：「你的官司還沒完，如果你不計後果前去，就算成功救出了他們，也免不了一場牢獄之災，還是我們去。」

董治軍對羅獵是信任的，但是如果自己不去仍然放心不下，更何況落難的是他的妻子：「坐牢就坐牢，我不怕。」

羅獵道：「你若信我，就將這件事交給我去做。如果你堅持，我不介意讓人重新將你送入監房。」

羅獵選擇即刻動身，他和張長弓選擇驅車前往蕪湖道，從銅陵坐船渡江進入皖南。從津門到皖南直線距離雖然不遠，可道路並不順暢，抵達長江之時遇到了連綿不斷的春雨。

兩人商量了一下，決定將汽車留在江北，搭乘當地的民船過江。

坐在渡江的帆船之上，只見雨霧將江面籠罩，大河上下波濤洶湧，帆船在波濤中起伏，同船的不少乘客因為受不得這劇烈的顛簸當場就吐了起來，羅獵和張長弓兩人站在船頭，雖然極目遠眺，仍然看不到對岸的情形，只是憑著感覺推測出他們已經到了江心。

張長弓對水有種與生俱來的恐懼，臉色有些蒼白，雙手死死抓住船舷。

羅獵看出他的緊張，拍了拍他寬厚的肩膀道：「你最近恢復得怎麼樣？」

張長弓啊了一聲，方才意識到羅獵是在問什麼，不好意思地笑了笑道：「身體沒什麼問題，力量減弱了一些。」

羅獵追問道：「減弱了多少？」

張長弓想了想道：「大概有一半吧，不過比起出海之前還要強許多。」他口中的出海之前其實就是安藤井下為他注射化神激素之前。張長弓並沒有因為這次被藤野俊生吞噬過半的能量而沮喪，對他來說，原本這些暴漲的能量都源於藥物的刺激，他表面上雖然沒有發生變化，可是內在的變化卻不為人知，張長弓清楚自己變得易怒而衝動，雖然他一直都在竭力控制，可是成效不大，而且他的控制力也變得越來越弱。

張長弓甚至開始害怕長此以往，自己終有一天無法控制情緒而變得精神錯亂，然而在藤野俊生吸取他的能量之後，一切發生了轉變，張長弓又回復到過去的沉穩理智，所以任何事都有正反兩面。

對張長弓如此，對羅獵也是如此，塞翁失馬安知非福。

羅獵將身上的雨衣裹緊了一些，低聲道：「我並沒有通知威霖他們。」

張長弓點了點頭，在離開津門的時候，他曾經建議羅獵將兄弟們全都叫來，羅獵當時也答應去聯繫，張長弓本以為大家都會去徽州會合，搞了半天羅獵根本就沒有通知任何人。

張長弓笑道：「你是不想大家牽涉進來？」

羅獵搖了搖頭道：「明顯的圈套，人家布好了陣，就等著咱們去鑽，來得越多，目標就越大。」

張長弓道：「總感覺這次會是一場硬仗。」

「哪一次不是硬仗？更何況咱們這次的目的是救人，不是打仗。」

張長弓雖然並沒有和洪家人打過交道，可這一路走來看到羅獵的情緒因此事而發生的巨大變化，自然清楚洪家人在羅獵心中的地位，他安慰羅獵道：「吉人自有天相，我相信……」他的話被滾滾春雷打斷。

風突然就變大了，江面波濤洶湧，帆船在波濤中上下浮塵，船上的乘客發出陣陣惶恐的驚呼。

張長弓忘記了說話，閉上雙目，雖然眼前的風浪和他們在海中的遭遇無法相提並論，可他仍然不喜歡這種身在江中的感覺，只有腳踏實地才能讓他感覺到舒服一些。

在風浪中又煎熬了半個小時，船隻終於平安抵達了對岸，雨仍然沒有減弱的跡象，張長弓的雙腳落在碼頭的青石板地面上，一顆懸著的心才算落地。

這會兒功夫，羅獵已經談妥了一輛馬車，雖然過了江，可餘下的路程還有三百多里，而且多半都是崎嶇難行的山路。

兩人上了馬車，在顛簸的山間小路之中行進，當晚順利抵達了青陽，雨越下越大，車夫引著他們在九華山腳下的一座客棧投宿。

雖然這裡並非繁華城鎮，可因為距離九華佛國不遠，又因為天降暴雨，所以前來投宿的客人眾多，單獨的客房已經沒有了，只剩下大通鋪可住，現在這種狀況也沒得挑了，羅獵和張長弓都是能吃苦的人，冒雨趕路並不明智，於是決定就在此地住下。

因為客人太多，到的時候菜也沒有幾樣了，兩人點了一盆乾筍燒肉，一個毛豆腐，一個韭菜炒乾蝦，一碟油炸花生米，又叫了兩斤當地的青梅酒。

張長弓能夠猜到羅獵此刻的心情，端起酒杯道：「既來之則安之，既然老天爺留咱們，咱們就只能安之若素。」

羅獵笑道：「張大哥何時學得那麼文縐縐了？」要知道張長弓是個文盲，斗大的字不識一籮筐，這番話換成過去是他斷斷說不出來的，不過今時不同往日，他在羅獵身邊薰陶久了，再加上見慣了世面，現在居然也能妙語連篇了。

張長弓嘿嘿笑道：「沒吃過豬肉也見過豬跑……」說完方才覺得此話不甚妥當，兩人四目相對，同時哈哈大笑起來。

同乾了這杯酒，張長弓夾起一塊毛豆腐皺了皺眉頭道：「這玩意兒能吃？」

羅獵點了點頭，夾起一塊先吃了，張長弓這才學著他的樣子一口吞下，一邊吃一邊點頭道：「不錯呢。」

羅獵道：「皖南山區貧困，老百姓看到豆腐長毛都捨不得扔，壯著膽子一試，沒想到這豆腐出奇的美味，從那時起就有了毛豆腐，當地人常說，日啖小吃毛豆腐，不辭長做徽州人。」

張長弓嘆服道：「你這學問我這輩子拍馬莫及了。」

羅獵道：「術業有專攻，張大哥打獵射箭的功夫我可比不上。」

張長弓喝了口酒道：「我體內力量雖打了折扣，可射箭的準頭又回來了。」

羅獵道：「過去我總想什麼事情都做到盡善盡美，可現在卻發現，這世上有許多的事情並不是你努力就可以成功的。」

張長弓道：「努力不一定成功，可不努力一定失敗。」

羅獵笑了起來，張長弓的話總是透著一股樸素的道理。他意識到自己的內心深處產生了一種前所未有的疲憊感，這種疲憊源於他對時代的認識，源於他無法擺脫歷史走向，更無法改變身邊人命運的糾結。

羅獵道：「等救回洪家人，我準備離開一段時間。」

張長弓握著酒杯的手明顯停頓了一下，然後緩緩將酒杯放下：「去哪裡？」問完他就開始後悔，因為以羅獵的秉性，他不想說的事情一定不會說。

羅獵道：「就算是做個了斷。」

張長弓的眉頭皺了起來，想要去拿酒壺，羅獵已經搶先拿起為他滿上了杯中酒。

張長弓道：「一起去！」雖然不知道羅獵要去什麼地方，可他總有種預感，羅獵這次去必然風險極大。

羅獵道：「有時候我在想，如果你不是遇到了我，仍然在蒼白山打獵，倒也樂得逍遙自在。」

張長弓飲盡杯中酒道：「上次出海的時候我時常會想起蒼白山的日子，可等咱們真正回到蒼白山，我發現就算我人回到了那裡，也再也回不到過去的那種日子了。」

羅獵望著張長弓，內心中生出莫名的歉疚，是自己改變了他的生活。

張長弓道：「我娘活著的時候經常對我說一句話——好男兒志在四方。如果不是遇到了你，我可能一輩子走不出蒼白山，就是個打獵為生的山民。」

羅獵道：「平平淡淡才是真。」

張長弓搖了搖頭道：「我是個不甘於平淡的人，你知不知道，威霖一直沒有停止他的殺手生涯。」

羅獵詫異地望著張長弓，張長弓又道：「阿諾為什麼回來？都是同樣的原因，狼行千里吃肉啊！人骨子裡的本性和動物一樣改不了！」

羅獵道：「可人是會變的。」

張長弓道：「我也變了，如果不是這次藤野俊生吸走了我過半的力量，我真不知道以後會變成什麼樣子。」

羅獵抿了抿嘴唇，過了一會兒方才道：「其實有件事我一直都瞞著大家。」

張長弓道：「別說，說了我也不懂，反正啊，你去哪裡，我就去哪裡。」

對羅獵而言，這又是一個不眠之夜，大房間內的鼾聲此起彼伏，空氣中瀰漫著各種體味和霉味混雜的奇怪味道，羅獵披上衣服，起身來到了門外，看到雨已經停了，經過大雨洗刷後的夜空深邃且高遠。

夜晚的空氣微涼，空氣中彌散著青草和泥土的氣息，這氣息讓羅獵的精神為之一震，他隱瞞的事終究還是沒有對張長弓說出，是關於那塊禹神碑，在贔屭禹神碑的基座中他發現了秘密。

宋昌金顯然是沒有那麼簡單的，不然他不會盯住那顆藍色的珠子，至於藤野晴子能夠如此精心地設計圈套，將眾人引入其中，並借著這次的機會除掉藤野俊生，此女的心機和膽魄無疑都超人一等。

真正令羅獵警惕的是藤野晴子將藤野俊生體內力量全都吞噬，化為己用，藤野晴子才是最終的吞噬者。羅獵推斷出藤野家族的《黑日禁典》最大的秘密應當落在了藤野晴子手中，否則藤野俊生也不會花費如此大的代價去尋找並對付她。

在飛鷹堡，羅獵並無充足的把握去對付藤野晴子，更何況她的手中尚有一張王牌，種種跡象表明麻雀很可能就在她的控制之中。

至於蘭喜妹，羅獵至今無法判斷她的立場，他雖然能夠肯定蘭喜妹是喜歡自己的，甚至能夠斷定蘭喜妹不會坑害自己，可蘭喜妹對其他人應當不會像自己一樣。蘭喜妹和藤野晴子曾經先後出示給他同一張照片，這其中是不是有著某種不為人知的聯繫？

羅獵抬起頭望著空中的點點繁星，聽說人死後就會變成空中的一顆星，不知這繁星點點中有沒有自己的父母？不知他們當年穿越時空來到這個時代有沒有像自己現在一樣迷惘？

羅獵從貼身的衣袋中取出一顆藍色的珠子，那顆珠子在月光的照射下漸漸變得明亮起來，看上去猶如羅獵的手掌托著一顆藍色的星……

天還未亮，他們就已上路，雨雖停了，可山路泥濘難行，馬車在泥地裡躑躅行進，中途幾度陷入泥坑之中，羅獵和張長弓不得不下來幫忙推車，他們本希望當天就能夠趕到徽州，可午後又捲土重來的大雨讓他們不得不打消了這個念頭。

欲速則不達，羅獵的心境還算平和，他已經可以判斷出這場局就是針對自己，在自己沒有入局之前，洪家爺孫遭遇不測的可能性並不大。

屋漏偏逢連夜雨，他們行進在半山腰的時候，前方的道路又出現了塌方，車已經過不去了，車夫望著前方斷裂的路面一籌莫展。

羅獵走到塌方處看了看，原本可供一輛馬車同行的路面，還剩下半米左右，就算是人也只能勉強通過，馬車想要通過這裡顯然是不可能的。

「兩位爺，不如咱們折返下山，選擇繞山行進。」

羅獵道：「要耽擱多久？」

車夫想了想道：「大概得一天吧。」

羅獵搖了搖頭道：「算了，你就送我們到這裡吧，接下來的路，我們自己走。」洪家爺孫倆的事情不能耽擱得太久，以免夜長夢多。

張長弓也同意羅獵的選擇，兩人拿了行李，辭別車夫之後，步行通過了塌方路段，根據車夫所說，沿著這條山路翻過這座山之後就能夠抵達烘爐鎮，在鎮子裡應該可以租到車馬繼續前行，車夫因為沒有完成全程，打算退錢給他們，羅獵也沒收，這年月老百姓討生活都不容易。

在雨中徒步行進在山野之中對體力的考驗還在其次，最怕就是迷失方向，不過張長弓就是一個在山野中生存的好手，有他在免去了不少的麻煩。

他們在當天傍晚抵達了烘爐鎮，鎮子不大，可是在這一帶已經稱得上繁華，問過當地的鄉民知道，從這裡往徽州不過還有五十多里，他們考慮到如果連夜摸黑前往，雖然可在黎明前抵達目的地，但是冒雨前行並不明智。又聽說這裡明兒一早就有集市，開市之後可以買到馬匹代步，索性就在這裡多留一夜。

烘爐鎮家家戶戶打鐵為生，他們投宿的客棧旁就有一間鐵匠鋪，張長弓順便去看了看，居然發現這鐵匠的手藝不錯，於是購買了一些箭鏃和一把大砍刀。付錢的時候看到雨中一支十多人的馬隊來到這裡，為首一人進了鐵匠鋪，脫下雨衣，居然是一身軍裝打扮。

張長弓不由得多看了兩眼，這些軍人都是贛北軍隊的規制，聯想到這次綁架洪家爺孫的最大嫌疑人，張長弓越發覺得這些軍人出現在徽州地界有些不尋常。

那些人過來是更換馬掌的，態度極其蠻橫，鐵匠的回答稍不如意就被為首的軍官打了兩個大嘴巴。張長弓看著雖然心中不忿，可也知道現在不能因一時義憤而引來不必要的麻煩。

回到客棧，張長弓跟羅獵說起剛才的所見，正說著的時候，那群軍人又走了進來，畢竟這只是一個小鎮，小鎮上只有他們所住的一家客棧，路人投宿沒有其他的選擇。

羅獵和張長弓坐在臨窗的桌子吃飯，那些軍人分兩桌坐下，一共十五人，其中那名軍官模樣的人向他們看了一眼，目光定格在張長弓身上，剛才他在鐵匠鋪就見到了張長弓。

張長弓只當沒有看到他，想不到那軍官居然伸手指著他道：「大個子，你跟著我作甚？」

張長弓轉過臉去：「這位軍爺，我先來的。」

話音剛落，幾名軍人已經同時去摸手槍。客棧老闆看到勢頭不妙，趕緊過來調和道：「各位大爺，都是小店的客人，相逢就是有緣，別傷了和氣，千萬別傷了和氣。」比起傷和氣，他更擔心衝突起來砸了他的小店。

那軍官得理不饒人，起身來到張長弓面前試圖發難，羅獵端起茶盞輕輕搖曳，那茶盞中琥珀色的茶水在他的搖曳之下迅速形成了一個漩渦，可是卻沒有一滴灑出來。

軍官望著漩渦，原本憤怒的目光突然變得迷惘。張長弓饒有興趣地望著眼前的一幕，這軍官顯然被催眠了。

羅獵道：「你記得他了，他是你張大哥。」

軍官順著羅獵目光的指引望向張長弓，臉上突然露出了一個傻乎乎的笑容：「張大哥，張大哥！」

眾人都被眼前的突然轉變給搞糊塗了。

張長弓道：「你是？」

「我是郭德亮啊，我是您兄弟，大哥怎麼把我給忘了？」

在外人看來都以為這郭德亮剛剛和張長弓開了個玩笑，誰也不知道他居然在這片刻功夫就被羅獵催眠了。

張長弓笑道：「原來是你這小子。」

羅獵道：「坐吧！」

郭德亮乖乖拉了張凳子掖在自己屁股底下。

羅獵道：「喝兩杯。」

郭德亮抓起酒杯自己給自己倒上了，果然乖乖喝了兩杯，張長弓看到此情此境差點沒笑出聲來，羅獵的這手催眠術著實厲害。剛才還氣勢洶洶的郭德亮現在乖得就跟孫子似的，讓他幹什麼，他就幹什麼。

張長弓道：「郭老弟來這裡做什麼？」

郭德亮道：「請大夫，我們少帥病了。」

郭德亮的那幫手下聽到他的話全都臉色一變，因為這件事對他們來說已經上升到軍事機密的範疇，郭德亮事前特地給他們訓話，只要誰走露了風聲，就以軍法處置，想不到第一個走露風聲的就是他自己，當然這群士兵也聽到郭德亮親切叫張長弓大哥，看來這兩人的關係極不尋常，否則也不會將這麼隱秘的事情說給他聽。

言者無心，聽者有意，這些人既然隸屬於贛北軍隊，他們口中的少帥自然是任天駿，羅獵原本將任天駿列為最大的嫌疑，現在聽聞他生了病，不覺一怔，低聲道：「少帥的病嚴不嚴重？」

郭德亮歎了口氣道：「嚴重啊，已經臥床一個多月了……」說到這裡彷彿想起了什麼，壓低聲音道：「這事兒千萬不可以往外說。」

羅獵點了點頭：「少帥身在何處？」

郭德亮又朝周圍看了看，然後神神秘秘道：「婺源老營。」

徽州古城的城牆沐浴在霞光之中，羅獵和張長弓騎馬進入城內，兩人在烘爐鎮上買了兩匹馬，雖然不是什麼千里駒，可勝在健壯結實，連綿幾日的春雨總算停歇，空中陰霾散去，久違的陽光普照大地，遠處的山籠罩在乳白色的煙霧中。

羅獵並未刻意隱藏自己的行蹤，相反他和張長弓騎行在人群中，兩人都是鮮衣怒馬，鶴立雞群，這次就是要高調行事，他們要主動引起佈局者的注意。

兩人在城內一家名為歸雲山莊的老店入住，這邊剛剛入住，就有人送上了請柬，有人邀請他們今晚於徽香樓紅葉閣一聚，落款並未署名。

再狡猾的狐狸終會露出尾巴，羅獵認為從接到這張請柬開始就正式入局，他將請柬湊在鼻子前聞了聞道：「送請柬的居然是個女人。」

聽他這麼一說，張長弓也將那張請柬拿了過去，學著羅獵的樣子聞了聞，這請柬果然透著一股淡淡的香氣，請柬本身就染有香料，這並不稀奇，但是仔細一聞，除了請柬本身的香氣還有另外的一種味道，如果不是嗅覺靈敏肯定不會辨別出兩種香氣的不同味道。

張長弓獵人出身在嗅覺方面本來就是他之所長，可論到心思之細密卻遠不如羅獵，如果不是羅獵提醒，他也會忽略這個細節。

羅獵叫來小二一問，送來這封請柬的卻是一個男人，羅獵對自己的判斷極其自信，推斷出今晚宴請他們的很可能是個女人。

張長弓道：「咱們要不要提前去踩點？」

羅獵微笑著搖了搖頭道：「沒必要，你我兄弟聯手，縱然是龍潭虎穴也能夠闖他一個來回。」

徽香樓紅葉閣，羅獵和張長弓抵達之時早有人在那裡等待，看到兩人到來，那漢子笑道：「張爺，羅爺，我家主人等候多時了。」

羅獵留意到此人先稱呼的是張爺，心中不免有些奇怪，難道這頓飯並不是主請自己？到了現在已經不必多想，兩人進入紅葉閣，只見一個女子背身站在窗前，兩扇鏤空雕花格窗在她的左右，夜空中玉兔初升，月光為她完好的倩影籠罩上一層神秘的光環。

張長弓看到那背影內心不由得一震，他的表情顯得有些古怪。

羅獵也在第一時間認出那女子居然是海明珠，海龍幫幫主海連天的寶貝女兒。

海明珠緩緩轉過身來，現在的她再不是當時出海時被俘的狼狽模樣，衣飾華美，光彩照人，十足一副富家千金小姐的模樣，如果不知道她的出身，誰又能將她和海盜聯繫在一起。

羅獵對海明珠的性情還是有些瞭解的，此女刁蠻任性，上次出海給她的教訓不小，羅獵和張長弓也是有數知道她出身秘密的幾個人之一，但是他們都不會向外張揚。

提起這件事就不能不聯想到老安，羅獵之所以被迫離開黃浦，還是拜老安所賜，種種跡象表明，老安背叛了白雲飛，投奔了任天駿。以羅獵對老安的瞭解，老安之所以做出那些事，應當是被迫而為，歸根結底癥結應當在海明珠的身上。海明珠在此地出現肯定不會是偶然，羅獵首先否定了她是佈局者的可能。

海明珠格格笑道：「你們想不到是我吧？」她向張長弓看了一眼，然後飛快將目光轉向羅獵，羅獵捕捉到她在看張長弓時雙眸中的羞澀，看來海明珠對張長弓果然生出了感情。

羅獵道：「海大小姐不在海上逍遙，跑到這山窩窩裡做什麼？」

海明珠又向張長弓看了一眼道：「記得有人說過會在黃浦等我，可終究只是信口一說，難怪都說男人的話不作數。」

羅獵哈哈笑道：「這跟我可沒什麼關係。」

張長弓臉皮發熱，答應海明珠的是自己，並不是他言而無信，而是這段時間發生的事情層出不窮，不過說來奇怪，性情向來沉穩的自己見到海明珠怎麼感覺心跳有些加速。

羅獵從現場的狀況已經明白今兒張長弓是主賓，自己只是陪客。

三人落座之後，海明珠讓人上菜，身為海龍幫幫主海連天的掌上明珠，海明珠自然出手闊綽，所點的菜餚極其豐盛。

幾杯酒過後，羅獵道：「海姑娘怎麼知道我們在這裡？」

海明珠道：「巧遇嘍，我剛好來這邊遊玩，沒想到就看到你們了，真是冤家路窄對不對？」說完之後她自己忍不住笑出聲來。

羅獵才不相信是什麼巧遇，天下又怎麼會有那麼巧的事情。

現在輪到海明珠問他們了，海明珠望著張長弓道：「張大哥，你們來這裡做什麼？」

張長弓明顯有些緊張，結結巴巴不知說什麼才好。

羅獵道：「來找人。」

張長弓跟著點了點頭。

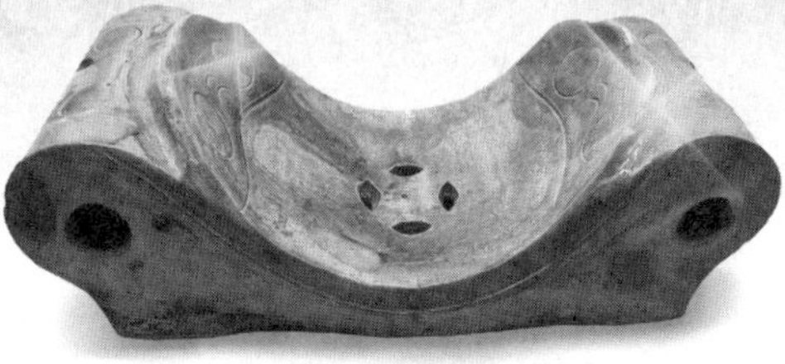

第八章

一方梟雄

羅獵發現能夠成為一方梟雄並不是沒有原因的，
海連天很不簡單，
只是目前還不清楚海連天到底知道多少內情，
他的底牌又是什麼，只要能夠掀開他的底牌，
應對就會變得容易許多。

海明珠道：「什麼人？這裡我倒是有些關係，不如我幫你們打聽？」

羅獵心中一動，海明珠既然這麼說，說不定她有些辦法，而且他認定了海明珠出現在此地絕非偶然，於是將洪家爺孫倆的照片取出遞給了海明珠。

海明珠接過照片看了看，她壓根就沒見過照片上的人，很快就搖了搖頭道：「從沒見過，不過我可以讓人幫你找找。」她並沒有將照片馬上還給羅獵，而是盯著英子的照片又看了一會兒笑道：「很漂亮啊，跟你什麼關係？」

羅獵淡然道：「我姐。」

海明珠道：「你姐？怎麼會突然失去聯繫？」

羅獵道：「被人劫持了，有消息說他們目前就在徽州。」

海明珠啊了一聲，她對羅獵和張長弓的實力是極其瞭解的，什麼人敢惹他們，無疑是捅了一個馬蜂窩，結果可想而知。

羅獵聽到屋頂傳來一聲輕微的動靜，應當是小動物踩在瓦片上發出的聲音，聲音雖然細微可是瞞不過羅獵的耳朵。羅獵故意裝出疏忽的樣子：「壞了，我忘了一件事情，張大哥，你們先聊，我去去就來。」

張長弓還以為羅獵是故意要給他和海明珠創造單獨相處的機會，本想開口挽留羅獵，可看到羅獵背朝海明珠的時候偷偷向自己眨了眨眼睛，頓時明白羅獵一定另有目的，於是就止住不說。

羅獵離去之後，海明珠和張長弓陷入良久的沉默之中，張長弓本來就是個悶瓜，他不說話倒不足為奇，可海明珠平時牙尖嘴利，今兒也突然變得有些笨嘴拙腮了，她十指糾纏了一會兒道：「你怎麼不說話？」

張長弓道：「對不起！」

海明珠想不到他開口居然就說對不起，反問道：「對不起什麼？」

張長弓被她一問，反倒不知該說些什麼，抓起面前的酒杯咕嘟喝了一口，不知是酒精的作用還是其他的原因，瞬間面色通紅。

海明珠看到他的樣子，心中已經明白了七八分，淺笑道：「你不說我也明白。」端起酒壺給張長弓滿上，柔聲道：「這些天我總是想起你呢。」

張長弓聽她這樣說，心中高興又覺得不好意思，一時間如坐針氈，後悔剛才沒有跟著羅獵一起離去。

海明珠道：「你是不是不願跟我單獨相處？」

張長弓搖了搖頭，端起那杯酒又喝了個乾乾淨淨，只覺著從臉皮到心底都熱烘烘的，這種感覺實在是無法描摹。

海明珠道：「張大哥，你有沒有想過我？」

張長弓雙目望著桌面，壓根不敢抬頭，面對大膽潑辣的海明珠，張長弓反倒忸怩地像個小姑娘。再凶險的戰場他都曾經經歷過，可情場還從未涉足過，張長弓感覺自己就像是一隻掉進陷阱的獵物，而海明珠就是威風八面的獵人。

海明珠可不知道他的心思，見他不說話，繼續追問道：「咱們分別之後，你有沒有想起過我？不許撒謊。」

張長弓終於鼓足勇氣點了點頭。

海明珠喜形於色，咬了咬櫻唇道：「什麼時候？」

張長弓心中暗忖，想起你可不止一次，不過這種話真是難以啟齒，他被海明珠問得已無法招架，稀裡糊塗來了一句：「在黃浦見到安伯的時候……」話一說出口就意識到自己說錯了話，海明珠和老安之間的關係乃是人家的隱私，自己說出來豈不是要惹海明珠不高興。

果不其然，海明珠聽到他這樣說，臉上的笑容瞬間消失：「你操心的事情還真是不少！」

張長弓此時反倒冷靜了下來，無論自己對海明珠有怎樣的感覺，可大家立場不同，在沒有搞清狀況之前決不能掉以輕心。張長弓道：「羅獵的事情不知你有沒有聽說？」

海明珠道：「你是說他殺了于家公子，被全國通緝的事情？」

張長弓點了點頭。

海明珠向他湊近了一些，壓低聲音道：「你知不知道？懸賞已經提升到了十萬大洋，這可是一筆不小的數目，很多人為了這筆錢連親爹都會出賣。」

張長弓道：「他是被人誣陷的，真正出手的另有其人。」

海明珠道：「誰？」

張長弓猶豫了一下道：「老安！」

海明珠柳眉倒豎雙目圓睜，幾乎按捺不住怒火即刻就要發洩出來，如果說這個世界上有一個人會捨命維護自己，那麼這個人一定會是老安，她聽不得有人詆毀他，即便是張長弓。

海明珠終於還是很好地克制住了自己的憤怒，臉上已經看不到剛才的柔情，冷冷道：「你有證據嗎？」

張長弓道：「他險些害死了葉青虹。」

海明珠怒道：「夠了！」

張長弓道：「羅獵說他應當是受到了威脅。」

海明珠道：「你有證據嗎？」

張長弓道：「我相信羅獵！」

羅獵看到了屋簷上的黑影，那黑影也看到了他，面部僅露出的一雙眼睛靜靜望著羅獵，對視片刻後，他轉身就逃。黑衣人在屋脊之上縱跳騰躍如履平地，逃出一段距離之後，他回頭觀望，已經看不到羅獵的影蹤，黑衣人暗自鬆了口氣，轉身準備繼續逃離的時候，卻見羅獵挺拔的身影就在他前方不到十米的地方。

黑衣人背脊瞬間冒出一層冷汗，他本以為自己已經夠快，可是對方比自己的身法快出何止一倍，意識到已經無法擺脫對方的追蹤，黑衣人站在原地止步不前，雙手落在腰間的位置。

黑衣人的動作和姿勢有些像出手的前兆，羅獵卻並沒有戒備的意思，平靜望著對方道：「邵威？」

對方的雙手緩緩垂落了下去，他沒想到自己這麼快就暴露了，伸手將蒙在臉上的黑布扯落，露出一張端正的面孔，不是邵威還有哪個？

被人當面揭穿身分如同小偷在行竊的過程中被人抓住了手，這種感覺很不好，可邵威卻不得不接受現實。他微笑道：「我就知道瞞不過你。」

羅獵道：「瞞不過才這麼說。」

邵威歎了口氣道：「都是老朋友，給點面子好不好。」

羅獵道：「既然是老朋友，為什麼不公開露面，非得躲在暗處偷聽？」

邵威應變也是奇快：「我們那位大小姐搞得神神秘秘，我也不知道她過來見什麼重要人物，所以才偷偷跟著出來，生怕她吃了虧，如果早知道是你們兩個，我才懶得那麼辛苦。」

羅獵才不會相信他的鬼話，點了點頭道：「倒也解釋得通，不當海盜當飛賊，邵先生真是厲害。」

邵威聽出他在嘲諷自己，呵呵笑道：「都是做賊，駕輕就熟。」他指了指遠方亮燈的地方：「喝兩杯去？」

羅獵居然接受了他的邀請。

路邊夜市小攤雖然比不上徽香樓，可幾樣小菜也做得非常道地，兩人端起酒碗碰了碰，乾了面前的那碗酒。邵威道：「聽說羅先生遇到了大麻煩。」

羅獵道：「好事不出門，壞事傳千里。」

邵威道：「在海盜眼中好壞的界限並不是那麼分明。」他壓低聲音道：「你這次來徽州是為了什麼？」

羅獵道：「你不知道我來徽州？」

邵威搖了搖頭。

羅獵道：「撒謊！」

邵威道：「我只是沒想到你會來。」

羅獵聽出他話裡有話，低聲道：「此話怎講？」

邵威道：「我來此之前並不知道你們會來，而且，無論你信與不信，我主要的目的都是為了保護大小姐。」

羅獵點了點頭，邵威既然不肯承認，自己也沒必要在這個話題上跟他一味糾纏下去，話鋒一轉道：「我來這裡的途中聽說了一個消息。」

邵威放下酒杯，從他的表情明顯能夠看出他對羅獵的每句話都非常的關注，羅獵暗忖他這次前來徽州十有八九和自己有關，在這件事上邵威知道的應當比海明珠那個傻丫頭多得多。

羅獵道：「聽說任天駿生了病。」

邵威有些錯愕，搖了搖頭道：「此事我倒沒有聽說。」

羅獵道：「你剛才問我來徽州所為何事，我現在就能夠告訴你。」

邵威此刻卻打起了退堂鼓，他笑道：「君子不強人所難，羅先生若是覺得不方便，可以不說。」

羅獵道：「有兩個對我非常重要的人被劫持，他們給我的資訊就是徽州。」

邵威道：「你是說他們被劫到了這裡？」

羅獵搖了搖頭道：「我不清楚，可我能夠斷定這是一個圈套，有人想把我引到這裡。」他端起面前的酒杯，一飲而盡，然後意味深長道：「對我而言這裡已經是八面埋伏，步步驚心。」

邵威聽出他的言外之意，端起酒壺為羅獵滿上面前的酒杯：「羅老弟懷疑我設的局？」他對羅獵的稱呼也從羅先生變成了老弟。

羅獵搖了搖頭道：「設局的人手段極其高明，而且對我非常的瞭解。」

邵威聽他這麼說難免有些尷尬，雖然羅獵並無嘲諷他的意思，可他仍從中領會到自己還不夠資格的意味，乾咳一聲化解了尷尬道：「那羅老弟以為是誰？」

羅獵道：「我懷疑是任天駿。」

邵威眉峰一動。

羅獵道：「據我所知你們海龍幫和任天駿走得很近。」

邵威道：「利益之交，算不上朋友。」

羅獵道：「看來是我多想了，邵先生今次前來果真是為了保護海姑娘？」

邵威點了點頭，無比肯定道：「自然如此，你我有過同生死共患難的經歷，我又豈會騙你？」

邵威和羅獵分手之後，又在徽州城內兜了個圈子，他也是心思玲瓏之人，擔心羅獵跟蹤自己，直到確信沒有人跟上來，這才閃身走入了一座民宅。通過種滿植被的前院，越過天井，來到花廳。

花廳內亮著光，透過鏤空雕花格窗可以看到一位身材高大的男子蜷曲在羅漢床上正在吞雲吐霧。邵威敲了敲門，好半天才聽到裡面傳來一聲懶洋洋的回應：「進來吧！」

隨著戶樞一聲刺耳的吱嘎聲，邵威進入了房間內，微笑叫了聲：「掌櫃的，還沒睡啊？」

原來這位躺在床上的男子就是海龍幫的幫主海連天，海連天將煙槍放下，接連打了兩個哈欠，這才坐了起來，他身材魁梧，體魄雄壯，只是面色泛黃，眼瞼浮腫，一看就是酒色過度。

「坐！」

得到海連天的應允之後，邵威這才在羅漢床旁邊的椅子上坐下，因為椅子已經有了年月，落座時又發出一聲刺耳的吱嘎聲。

海連天雙臂舒展，伸了一個懶腰道：「娘的，抽上一口煙，賽上活神仙。」

邵威陪著笑，可心中卻不以為然，現在都什麼時候了，煙土的危害誰人不知誰人不曉，可總有那麼一些人明知對身體有害還是戒不掉癮頭。不過說來奇怪，別人都是越抽越是羸弱，這海連天雖然面色不好，可身體卻依然魁梧康健。

海連天端起一旁的茶盞，飲了口茶，他喝茶的動作很不文雅，宛如牛飲般一口吞下，喉頭發出咕嘟一聲響動。

邵威沒有急於說話，等著海連天這股子煙勁兒過去。

海連天重重落下茶盞道：「咋樣？」

邵威道：「屬下不才，被人發現了。」

海連天不滿地瞪了他一眼，而後道：「那就是一無所獲嘍！」

「也不盡然，收穫還是有一些的。」

海連天道：「說，少他娘的賣關子。」

邵威訕訕笑了笑道：「羅獵之所以前來徽州，是因為他的親人被人劫持，他懷疑是任天駿幹的。」

海連天瞇起雙目：「什麼人？」

邵威搖了搖頭道：「我不清楚，不過……」

海連天道：「不過什麼？」

邵威道：「這事兒您不覺得蹊蹺？」

海連天道：「有什麼好奇怪的？任天駿無非想利用咱們將羅獵除掉。」他雙目一轉，滿腹狐疑道：「該不是你因上次的事和他生出友情，於心不忍了吧？」

邵威道：「掌櫃的明鑒，我對您的忠心日月可鑒，若有半點貳心，讓我天打雷劈……」

海連天伸手示意他不必繼續說下去，沉聲道：「你對我的忠心我當然清楚，不必賭咒發誓。」

邵威道：「掌櫃的，正因為如此，我有幾句逆耳之言必須要說出來。」

海連天道：「說！」

邵威道：「上次奉了您的命令，我們前往東海攔截羅獵，意圖在海中將他們一網打盡，事後的結果您也看到了。」

海連天聞言大怒，霍然起身斥責道：「那是你們無能！如果不是看在你們救了明珠的份上，老子早就將你們兩個廢物捆起來扔到海裡餵了鯊魚。」

邵威頭顱低垂，上次損兵折將，的確顏面掃地，可海連天罵他們無能他並不認同，自己和徐克定兩人乃是海龍幫中出類拔萃的人物，更何況兩人聯手，不是他們無能，實在是羅獵一方太厲害。

邵威道：「大小姐不是我們救的，是羅獵他們……」

海連天冷笑了一聲道：「還說你們沒有關係？當著老子的面都在為他說話，難道你當真不怕死嗎？」

邵威咬了咬牙道：「屬下是實話實說。」

海連天居然這次沒有發火，雙手負在身後來回走了幾步道：「任天駿和羅獵哪個厲害？」

邵威道：「他比不上羅獵。」

海連天道：「羅獵要是好對付，他就不會利用咱們了，不過這任天駿也不是普通的角色，在黃浦搞得羅獵狼狽不堪，鬧到被人通緝的地步。」

邵威道：「掌櫃的，有句話我斗膽一問。」

海連天點了點頭道：「說吧，別磨磨唧唧的。」他性情暴躁，可這只是表面，在他身邊的人都知道，此人粗中有細，心機頗深。

邵威道：「您來徽州之前，知不知道咱們要對付的是羅獵？」

海連天搖了搖頭道：「老子怎麼會知道？」

邵威道：「那就更不知道羅獵親人被劫的事情了？」

海連天道：「自然！」

邵威道：「所以此事越發奇怪，不是我長他人志氣滅自己的威風，就憑咱們目前在徽州的人馬，想要對付羅獵他們兩個根本沒有任何可能。」海連天聞言明顯不悅，可他又無法否認邵威說的都是事實，海龍幫真正的實力是在海上，當初在海上他們對羅獵一行束手無策，如今來到了陸地上他們更沒什麼辦法。

邵威道：「任天駿應該清楚這件事，如果他明知咱們對付不了羅獵，還要將咱們引來，其目的又是什麼？」

海連天道：「你是說他想要一石二鳥？」

邵威道：「我不知道他有沒有這樣的想法，不過我能斷定，真正動手的一定另有其人。」

海連天點了點頭道：「這個小王八蛋，老子早就知道他沒安好心。」他在房間內來回踱了幾步，停下腳步之後又問道：「明珠是不是對姓羅的有意思？」

邵威搖了搖頭道：「不是羅獵，是張長弓，今晚她在徽香樓宴請的主賓就是張長弓。」

海連天顯得有些吃驚，愕然道：「她怎麼會喜歡一個莽漢？」

邵威歎了口氣道：「緣分這東西誰也捉摸不透。」其實他對海明珠也有好感，當然並不是愛得不能自拔那種，邵威做任何事都非常理智，當初他喜歡海明珠的原因不僅僅是海明珠本身對他的吸引，還有海明珠的身分和地位，在看出海明珠喜歡張長弓之後，邵威也知趣地知難而退。

海連天道：「不錯，緣分這東西誰他娘的也說不清楚，對了，你說任天駿該不是另找他人對付羅獵，然後栽贓在咱們頭上吧？」

邵威道：「此事我不敢妄自猜度，不過我聽羅獵說任天駿好像病了，而且病得很嚴重。」

海連天罵了一句：「病死這個鱉孫才好。」不過罵完之後他又產生了一個想法：「怎麼會突然病了？我上次見他的時候明明好好的。」

邵威道：「這樣才能脫開干係啊？您有沒有聽說黃浦于家已經將懸賞提升到了十萬大洋，為了這筆錢，太多人可以不計後果。」

海連天點了點頭，十萬大洋絕不是一個小數目，現在羅獵抵達徽州的消息尚未傳開，如果任天駿刻意將這個消息散佈出去，估計黑白兩道都會聞風而動，為了十萬大洋蜂擁而至，這小小的徽州城就會變成一個風聲鶴唳的獵場。

張長弓比羅獵晚了一個小時回到客棧，羅獵開了門，轉身回到桌前，坐在燈下繼續畫著什麼，張長弓湊過去看了看，他畫的是一幅繁瑣複雜的圖，張長弓搞不清是什麼，搖了搖頭，並沒有打擾羅獵，悄悄到一旁，泡了一壺毛峰，倒了一杯送到羅獵的面前。

羅獵這會兒已經描完了最後一筆，將羊毫放下，伸了個懶腰站起身來。

張長弓此時方才問道：「剛才去了哪裡？」

羅獵將自己從徽香樓出去之後跟蹤邵威的事情說了，張長弓聽聞邵威也來到徽州倒是沒有感到太大的驚奇，畢竟海明珠出現的地方都可以看到他出現，看來海連天將保護海明珠的任務交給了他。

羅獵道：「我只是沒想到海連天也來了。」

張長弓表情愕然，他並沒有聽海明珠說起這件事，海明珠只說是獨自出來散心，並沒有說她父親也一起過來了。

羅獵道：「海明珠未必撒謊，她性情單純，許多事未必能夠知道內情。」

張長弓道：「他們是衝著咱們來的？」

羅獵搖了搖頭道：「我剛開始也懷疑這種可能，不過我和邵威談過之後發現他們來徽州之前對咱們來此的事情並不知情。」

張長弓道：「別忘了，當初他們在東海追殺咱們的事情。」

羅獵笑了起來：「海龍幫在海上的戰鬥力最強，即便如此當初他們也沒有能夠拿下咱們，更何況現在是在陸地上，讓海盜捨棄舟楫上岸當山賊，你覺得合理嗎？」

張長弓道：「那他們來這裡是為了什麼？總不能就是為了散心，湊巧和咱們相遇？」

羅獵道：「海龍幫和任天駿是合作關係，這一點在他們追殺咱們的時候就已經證實，不過他們在咱們手上又吃過虧，明知咱們不好對付，偏偏還要來自討苦吃，這種不明智的事情他們應當不會做。」

張長弓道：「天下間哪有那麼巧合的事情？」

羅獵道：「不排除有人想要利用他們故布疑陣的可能。」

張長弓並不明白他的意思，問道：「什麼故布疑陣？」

羅獵道：「我聽說黃浦于家懸賞了十萬大洋來抓我，這麼一大筆錢必然會讓黑白兩道聞風而動，如果我估計得不錯，咱們來徽州的消息已經被人悄悄散佈出去了。」

張長弓道：「那豈不是麻煩？」

羅獵道：「根據我和邵威今晚的談話，海龍幫出現在徽州很可能只是為了背鍋。」

張長弓道：「背鍋？」

羅獵想了想道：「看來咱們有必要跟海連天談一談。」

張長弓道：「有這個必要嗎？」

羅獵道：「誰也不甘心被別人白白利用。」

海連天的這個夜晚睡得並不安穩，夜半，他從榻上爬起，習慣性地去摸煙槍，卻摸了一個空，一種不祥的預感籠罩了他的內心，海連天伸手向枕下摸去，準備拿出藏在枕下的手槍。

卻聽到一個平靜的聲音道：「如果我是你，就不會白費力氣。」

海連天看到了火光，一個年輕人坐在桌前，點燃了蠟燭。

海連天的一隻手伸入枕下，他並沒有摸到手槍。借著燭火的光芒，他看到了羅獵，看到桌上有一柄手槍，而那柄手槍恰恰屬於他自己。

海連天笑了起來，久經風浪的他迅速鎮定了下來，輕聲道：「羅獵？」

羅獵點了點頭：「海大當家好！」

海連天道：「不怎麼好！」他說的是實話，無論是誰，在半夜被人潛入房間內，被人摸走了手槍的感覺都不會太好，更惱人的是，這一切都在他全無覺察的狀況下發生了。

海連天道：「邵威那個笨蛋！」不用問，羅獵一定是跟蹤邵威找到了自己，可他卻怎麼都想不透，為何羅獵如此從容地進入了自己的房間裡，向來警覺的自己居然毫無覺察？難道自己真的老了？又或是抽了太多的煙土，日積月累的吞雲吐霧已經在不知不覺中毀掉了他的身體。現在並不是分析原因的時候，他知道羅獵來這裡的目的應當不是謀殺，否則根本不會給自己醒來的機會。

海連天道：「你來殺我？」明知對方的目的不在於此，還是提出了這樣的問題，他需要確認羅獵對自己並無殺念。

羅獵道：「我和海龍幫無仇無怨。」

海連天道：「在東海你殺了我不少人，令我損失不小。」

羅獵道：「我不喜殺人，可別人要殺我的時候，總不能坐以待斃。」

海連天哈哈笑了起來，他點了點頭，東海的事情起因在於自己，羅獵雖然幹掉了他不少的手下，可海連天並無怨言，事情是自己挑起的，技不如人又有什麼好埋怨的。如果說仇恨，罪魁禍首是任天駿，如果不是他委託給自己那個任務，海龍幫也不會蒙受如此之大的損失。

海連天慢慢坐起身，禁不住打了個哈欠，不是睏，而是煙癮又犯了，羅獵打量著眼前這位威震東南沿海的海盜頭子，一個被煙土綁架的人，縱使他的過去再風光，也註定一步步走向滅亡。

海連天道：「你不必多想，這次我來徽州，目標不是你。」

羅獵道：「螳螂捕蟬黃雀在後，說不定你我都是別人的目標。」

海連天聽出了他的言外之意，心中已經斷定羅獵此來應當不會對自己不利，一顆心也徹底放了下來，目光四處搜索自己的那杆煙槍，終於在床頭一角找到，伸手將煙槍端了起來。

羅獵提醒他道：「這東西對身體可沒什麼好處。」

海連天道：「習慣這個東西相當可怕，明知沒有好處，可一旦習慣卻割捨不掉。」抬起頭望著羅獵道：「黃浦于家想讓你死，開出的價碼實在讓人心動。」

羅獵道：「于衛國的死和我無關，于家是被人利用了。」

海連天道：「**這個世界人和人之間的關係說穿了都是相互利用**，你來找我的目的不也是如此嗎？」

羅獵道：「海掌櫃說話真是直白啊！」

海連天道：「現實比我說的更加殘酷，我這輩子做盡壞事，可很少說謊。」

羅獵發現能夠成為一方梟雄並不是沒有原因的，海連天很不簡單，只是目前還不清楚海連天到底知道多少內情，他的底牌又是什麼，只要能夠掀開他的底牌，應對就會變得容易許多。

海連天的哈欠接連不斷，如果不是知道他有煙癮，肯定會認為他是在用這種方式下逐客令。海連天沒有下逐客令的必要，對羅獵這個不請自來的傢伙海連天居然產生了濃厚的興趣。他拿起毛巾擦了擦因為哈欠流出的淚水，吸了吸鼻子道：「聽你的意思，我也被人利用了？」

羅獵點了點頭。

海連天笑道：「我不怕被人利用，只要出得起價，我可以做任何事。」

羅獵道：「海掌櫃不像目光短淺之人。」

海連天望著羅獵：「好像你很懂我似的。」他抓起煙槍用力嗅了嗅，而後道：「邵威、徐克定他們對你都是相當的推崇，知道是你，馬上就勸我不要和你為敵。」

羅獵道：「我和他們也算是共患難一場，彼此也算有些瞭解。」

海連天突然道：「你對明珠瞭解多少？」

羅獵道：「知女莫若父，我對她談不上什麼瞭解。」

海連天道：「我也是最近才明白，這個世界上沒有什麼真正的秘密，明珠遇到的事情，我雖然未曾親見，可是我也已經清清楚楚明明白白。」他歎了口氣道：「她不是我親生的。」

羅獵愣了一下，雖然他早就知道這件事，可沒想到海連天當著自己的面說了出來，海連天其實沒必要在自己的面前坦白這件事。回想起出海發生的事情，老安從開始知道海明珠的身分對她恨之入骨，到後來得悉海明珠其實是他親生女兒的突然翻轉，這情緒的變化一定被不少人看在眼裡，決不能用簡簡單單的同舟共濟就能解釋清楚的。

海連天道：「老安的底，我查得出來。」

羅獵暗忖，在黃浦老安已經徹底背叛了白雲飛，海連天和白雲飛雖然一個在海上一個在陸上，可兩人歸根結底都是同道中人，想要查清老安的秘密應該算不上難，從海連天的神態和語氣能夠判斷出他沒有說謊。

羅獵道：「他的底我不清楚。」

海連天哈哈大笑起來，他用煙槍指點著羅獵道：「年輕人，說謊話而面不改色，心機夠重啊。既然你不清楚，我就告訴你，能夠讓一個人突然放下報仇的念頭，而且為仇家的女兒捨生忘死的只有一個理由，你說是不是？」

羅獵沒有回答。

海連天又道：「你說有人誣陷你殺了于衛國，陷害你的人就是老安對不對？按理說他和你同生共死，也不是怕死之人，因何轉而對付一個對他有恩之人？理由也只有一個對不對？」

海連天將煙槍在床邊重重一磕，這一磕竟用盡了全力，煙槍從中折斷，海連天握住煙槍的手微微顫抖著：「明珠是他的親生女兒……」說出這番話的時候海連天感覺到內心針扎一般疼痛，他本以為自己當得起鐵石心腸這四個字，自從落草為寇，他殺人如麻，甚至連自己都記不清刀下冤魂，可他仍然不是絕情之人。

在他得知真相之後，他甚至想過要斬草除根，可這樣的念頭只不過稍閃即逝，見到女兒的那一刻他就明白，自己無論如何也不可能對她下手，虎毒不食子，即便這個女兒並非親生。

羅獵沒有插話，他也沒有插話的必要，有些事的糾結和痛苦只有當局者才能明白。

海連天道：「任天駿這小子其心可誅！」他和任天駿之間一度曾經是合作的關係，可海連天已經意識到，合作只是他一廂情願的想法，任天駿性情高傲，目空一切，他從未將自己這個海匪看在眼裡，在東海伏擊羅獵落敗之後，任天駿和他之間的關係更是急轉直下，讓海連天最為警醒的是，他發現任天駿有吞併自己的意圖。

羅獵道：「我在途中聽到一個消息，任天駿好像生病了。」

海連天道：「此人不簡單，虛虛實實，真真假假，切莫輕易上了他的當。」

羅獵對自己的催眠術非常自信，他相信在催眠對方的狀況下，聽到的應當不是謊言。

海連天道：「你的處境可不妙，現在于家懸賞十萬大洋的消息滿天飛，黑白兩道聞風而動，無不垂涎這筆巨大的財富。」

羅獵道：「于家有的是錢，如果再拖一陣子，說不定還會加碼。」

海連天哈哈大笑道：「看你的樣子倒是不怎麼害怕。」

羅獵道：「怕有用嗎？如果我害怕就能馬上解決問題，我肯定比任何人都要害怕。」

海連天望著羅獵，雙目中流露出欣賞的神情，手下人對羅獵的推崇並不是毫無原因的。

海連天道：「你想跟我怎麼合作？」

羅獵道：「不如我成為你的俘虜。」

海連天足足看了羅獵半分鐘的時間，方才露出一絲諱莫如深的笑容：「你就不怕弄巧成拙？」

羅獵道：「一輩子留給人害怕的時間總是不多。」

張長弓和羅獵是在夜晚被人俘虜的，兩人中了江湖中下三濫手法的迷魂香，又被人在飲食中下了酥骨散，當他們醒來的時候，已經被五花大綁扔在船上，周圍有四個虎視眈眈的漢子目不轉睛地盯著他們。

這個時間，同時行駛在新安江的船共有三艘，他們處於正中的一艘，邵威站在船頭，和他並肩說話的人是二當家徐克定。聽到船艙內傳來的動靜，兩人同時回頭看了一眼。

羅獵彷彿才意識到自己的處境一樣，掙扎了一下身體，馬上就有四把手槍頂到了他的頭上，海盜發出惡狠狠的威脅聲。

邵威沒說話，徐克定得意笑道：「不得無禮，這兩位可是咱們海龍幫的貴客。」

張長弓也在此時醒來，怒視船頭兩人道：「卑鄙，竟然用這種下三濫的手段。」

徐克定道：「成者為王敗者為寇，對我們這些早已落草為寇的人而言，根本不會在乎什麼手段。」

羅獵不否認徐克定的話有些道理，這次的被俘是他聯手海連天演出的一齣戲，為了不至於露出破綻，甚至連張長弓都被他蒙在鼓裡，其實以他和張長弓兩人的警覺程度，不至於那麼容易中了圈套。

羅獵並不清楚周圍人的立場，可是他認為周圍人之中應當有知道內情的人在。他微笑道：「抓我們兩個是為了換銀子？」

邵威道：「我早就跟你說過，沒有人對著十萬大洋會無動於衷。」

張長弓看不到外面的情景，只是知道他們兩人目前在船上，他對水仍然存在心理上的畏懼，反正羅獵就在身邊，任何事交給他處理就是，索性什麼都不去想，乾脆閉上了眼睛。

羅獵道：「十萬大洋真是不少，早知如此，我應該自己主動找上門去，用我的一條命換十萬大洋也省得便宜了別人。」

旁邊的一名海盜禁不住笑了起來，在他看來羅獵是不是有些傻，如果羅獵主動送上門去，肯定沒人願意給這十萬大洋。

徐克定道：「十萬大洋是人頭錢，如果送去的是活人，于家人可以親手殺掉你，那麼這價格還會翻上一倍。」

羅獵內心不由得一動，徐克定這番話不知有心還是無意，從他的話中能夠聽出自己的性命無憂愁，其實羅獵早在和海連天達成協議之後就能夠確定這一點，可透過徐克定的嘴說出來，難道徐克定知道內情？

羅獵不動聲色，故意向邵威道：「邵兄，咱們好像剛剛喝過酒呢。」

邵威笑道：「羅老弟放心，不會委屈你的，一路上必然好酒好菜伺候著。」

羅獵也笑著說道：「沒枉費咱們相識一場，邵兄，我還有一事求教。」

邵威道：「不急，我讓人送酒菜過來，咱們邊飲邊談。」

羅獵道：「俎上之肉哪有心情飲酒吃飯。」

邵威哈哈笑道：「羅老弟真是幽默，可這話兒言過其實了，讓別人聽去還以為邵某如何無情呢。」

羅獵道：「不知這是要將我們送到什麼地方？」

邵威並沒有回答他的問題：「等到了你就清楚了。」

其實羅獵並不需要答案，他們要去的地方應當是婺源老營，他在這個世界上不乏仇人的存在，任天駿就是其中之一，至於黃浦于家，羅獵從不把自己當成他們的仇人，于衛國的死也不是自己造成的，只是任天駿將這件事栽贓給自己。

在這件事上，羅獵無疑是解釋不清的，殺人者老安不知所蹤，其實就算他在，也無法證明于衛國之死是他做的。羅獵這次也是無奈之下選擇以身犯險，當務之急是救出洪家爺孫。如果他們爺孫兩人因為自己而遭遇不測，只怕自己這輩子都會良心不安。

羅獵陷入了長久的沉思，像自己這樣的人是不是註定要選擇孤獨，也唯有如此才能避免影響到自己周圍的親人和朋友。

「爺爺！」英子含淚叫道。

白髮蒼蒼的老洪頭躺在床上，形容枯槁，氣息奄奄，不過老爺子的神智還算清醒，一雙佈滿老繭的手緊緊抓著身上的薄被，他在通過這種方式竭力和病痛抗爭著。

英子轉身去拍打被反鎖的房門，聲嘶力竭地呼喊著：「救命，救命！」

呼喊良久，方才聽到外面一個粗魯的聲音回應道：「閉嘴，打擾了老子的酒興，信不信一槍崩了你們。」

英子哀求道：「大爺，求求你們，求求你們去請個郎中，我爺爺病了，病得很重！」

「人吃五谷雜糧哪能不得病，老頭兒那麼老，死了也是喜喪！」

「求求您！」

任憑英子如何哀求，外面的人都無動於衷，英子因絕望而憤怒，她不顧一切敲打著房門，可是始終無人理會，直到老洪頭虛弱的聲音響起，英子方才中斷了這瘋狂的動作，她的雙手已經拍腫。

回到床邊，英子握住爺爺的手。

老洪頭虛弱道：「算了，英子……算了……他說的不錯，人到了爺爺這年齡……就算死了……也……也是喜喪……」

「不……爺爺，您別這麼說，您老一定長命百歲！」

老洪頭搖了搖頭道：「傻孩子……這世上哪有那麼多的長命百歲，說實話，爺爺已經知足了……英子……」

「爺爺！」英子已經泣不成聲。

「我有兩件事交代你……」

英子用力點頭。

老洪頭道：「你將來若是能夠僥倖脫困，再……再遇到治軍……你們別再鬧了……好生過日子……」

英子捂著嘴唇淚水簌簌落下，也是這次的劫難讓她有了好好回顧過去的機會，她開始意識到自己此前對董治軍有些過於苛刻了。如果能夠脫困……英子環顧了一下周圍的牆壁和鐵窗，會有那樣的機會嗎？

老洪頭道：「如果能見到羅獵……你千萬不要提起……我……我的死因……就當……就當什麼都沒有發生過……」

英子一邊哭一邊點頭，她知道爺爺這樣說的用意，絕不是因為老人家糊塗了，而是爺爺擔心羅獵會為他復仇，擔心羅獵因此而背負沉重的內疚感，這種內疚或許會伴隨羅獵一生。

老洪頭握著孫女的手：「英子……沈老師……救過咱們的命……就算……就算咱們爺倆兒把命給人家，也……也是該的……」

「爺爺！我明白，我什麼都明白！」

老洪頭欣慰地點點頭，他的手緩緩鬆開，白髮蒼蒼的頭顱慢慢歪到了一旁。

生死有命，富貴在天。任天駿聽聞老洪頭死訊之後產生的第一個想法居然是這個，他的狀況很不好，在他好不容易穩定了贛北地盤之後，又認為抓住了羅獵的命脈，這次可以將羅獵引入局中，將之一網打盡。然而在任天駿躊躇滿志之時他卻突然得了重病。

任天駿開始的時候不以為然，因為他從小到大身體健壯，根本沒有得過重病，本以為幾天就會自癒，卻想不到病情非但不見好轉反而越來越重。以任天駿今時今日的地位和能力，他可以請到國內最好的大夫，然而他已經病了一個多月，遍請名醫，病情卻沒有絲毫的好轉。

任天駿的情緒開始出現了波動，隨著病情的加重，他甚至產生了出師未捷身先死的念頭。他這場病非常奇怪，突然就來了，而且一日重似一日，他甚至專門從黃浦請來了一位美國醫生，然而對方對他的病仍然束手無策。

任天駿坐在椅子上，雙腿軟軟的就像外面的春風，感覺不到任何的力氣，右手中握著一柄手槍，雙目呆呆望著從窗外射入的陽光，任天駿忽然生出去外面陽光下走走的念頭。

看到任天駿想要起身，一旁的衛兵慌忙伸手過來攙扶，任天駿道：「滾開！」

任天駿將手槍放在一旁的茶几上，雙手撐住椅背，第一次嘗試站起卻以失敗告終，任天駿大口大口喘息著，休息了一會兒，他再次嘗試，這次仍然沒有成功，一旁的衛兵走過來想要扶他。

任天駿的臉漲紅了，他彷彿受到了奇恥大辱，抓起几上的手槍瞄準那名滿臉惶恐的士兵就是一槍。

衛兵死時仍然帶著驚詫莫名的表情，他死不瞑目，明明是想好心幫助任天駿，卻沒料到激怒了他，竟然招來了滅頂之災。

任天駿望著死去的衛兵，心中生出些許的歉疚之情，也只是稍閃即逝，衛兵的性命對他本就算不上什麼，相比衛兵之死，任天駿更擔心自己的病情，他過去並不是這樣，雖然不講情面，可並不是動輒殺人，任天駿認為自己的暴躁易怒完全是因為這場突如其來的怪病造成的。

任天駿開槍之後重新坐回到椅子上，盯著腳下的死屍看了好一會兒方才道：「好好葬了他，捨身護主，追封烈士，他的家人我來供養。」

周圍的幾名部下齊齊點了點頭，卻無人敢應聲，走過來將那衛兵的屍體抬了出去。

房間內很快就打掃乾淨，可經過洗刷的地面仍然可以看到淡淡的血跡。望著血跡，任天駿卻想到了自己，如果病情繼續惡化下去，不知還有幾日好活，興許他等不到羅獵前來，興許他有生之年無法為父報仇。

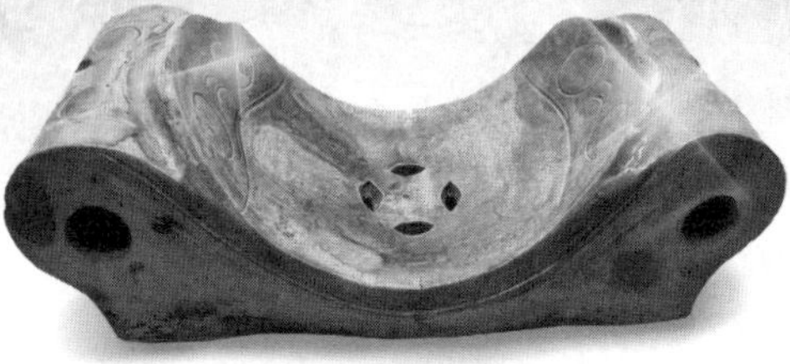

第九章

背　叛

多年行走江湖的海連天第一時間就意識到出事了，
很可能他和羅獵之間的秘密協議被人知道，
他的手下中應該有人背叛了自己，海連天暗自後悔，
自己不該親自送他們過來的。

「將軍，有人找！」副官蕭芒小心翼翼道，見識過剛才任天駿一怒殺人的場面，這群部下無不變得膽戰心驚，生怕不小心觸怒了他而招來殺身之禍。

任天駿閉上雙目，無力道：「我什麼人都不想見。」

蕭芒道：「她說，她可以治好您的病。」

任天駿睜開了雙目，這種話他已經不是第一次聽到，此前說過這種話的郎中已經永遠不可能再說這樣的謊話，居然還有人來，在任天駿的理解就是重賞之下必有勇夫，他並不相信這樣的話，可他卻無時無刻都期待著奇蹟的出現，任天駿認識到自己是怕死的，他對這個世界仍然充滿了留戀。正因為此，他肯定會見。

任天駿望著眼前這個完全陌生的女人，表情極其冷酷，對這個女人他只知道她叫風九青，他從未聽說過有叫這個名字的神醫，在他的印象中，會看病的女人原本就不多。

風九青靜靜站在任天駿的面前，古井不波的神情讓周圍人都感覺到此女非同凡響，隻身進入婺源老營，面對荷槍實彈的士兵並未表現出絲毫的畏懼，擁有這樣心態的女人並不多見。

任天駿道：「你會看病？」

風九青搖了搖頭。

一股無名怒火從任天駿心中升騰而起，他怒吼道：「賤人！你敢消遣我？」

風九青忽然揚起手，當著眾人的面堂而皇之毫不客氣地給了任天駿一記清脆的耳光，這一巴掌打得太過突然，即便是任天駿身後的衛兵都沒有做出及時的反應，當他們意識到發生了什麼，已經來不及阻止，任天駿英俊的面龐已經多了五道清晰的指印。

後知後覺的眾人慌忙掏出手槍，槍口齊齊對準了風九青，只要任天駿一聲令下，他們就會同時扣動扳機，將這狂妄大膽的女人射成蜂窩。

任天駿被打懵了，當他意識到發生了什麼，也伸手去拿手槍。

風九青不緊不慢道：「我雖然不會看病，但是我會解毒。」

任天駿內心劇震，其實他早就開始懷疑自己有可能中了毒，可直到目前為止沒有人做出這樣的診斷，更何況他的飲食起居都由心腹之人負責，應當不會出現問題。

任天駿還未說話，蕭芒卻已經無法控制住心中的憤怒，畢竟一直以來任天駿的飲食起居都是由他負責，這女人公然說任天駿是中毒，豈不是等於指責自己負責的一塊出了問題，蕭芒怒道：「賤人，顛倒黑白，信口雌黃，我崩了你。」

風九青咯咯笑了起來，她的笑聲讓人不寒而慄，雙目轉向蕭芒，看得蕭芒從心底發毛，握槍的手都顫抖了起來。

風九青點了點頭，蕭芒腦海中不知為何突然出現了一個強烈的欲望，他搖了搖頭，試圖阻止這古怪可怕的念頭，可終究還是無法控制，在眾目睽睽之下調轉槍口對準了自己的下頷，然後毫不猶豫地扣動了扳機。

蓬！伴隨著一聲槍響，蕭芒的身體直挺挺倒了下去，鮮血從他的頭部汩汩流出。

眾人看到眼前的情景無不魂飛魄散，就連任天駿也沒有料到事情居然會發展成這個樣子，就算是中毒他也不會懷疑蕭芒，在他的陣營之中，蕭芒是有數幾個可以獲得他信任的人之一。然而蕭芒剛才的舉動更像是畏罪自殺，任天駿卻判斷出蕭芒的死一定是眼前這女人所為，這女人的身上擁有著某種強大的神秘力量，如果蕭芒沒有罵她一聲賤人或許不會死。

任天駿進而想到了自己，他感到害怕，畢竟第一個罵風九青的人是自己。

風九青的目光在蕭芒屍體上掃了一眼，惋惜地歎了口氣：「又沒說你投毒，你何必用這種極端的手段表白自己？」她轉向任天駿，溫婉一笑，這笑容卻讓任天駿從心底感到發冷，他認識到，只要風九青願意，隨時都能奪去自己的性命。

風九青道：「下毒的人是我！」

任天駿只是雙手用力握了一下椅子的扶手，並沒有過激的舉動，他提醒自己要冷靜下來，風九青有恃無恐，任天駿終於調整好了自己的情緒，在他的身上畢竟還存留些許的大將之風，點了點頭道：「你知不知道這是在什麼地方？你以為自己能夠出得去？」

風九青道：「只要我想走，沒有人攔得住我。有些話我想單獨跟你說。」

任天駿猶豫了一下，然後道：「都出去！」

部下聽到他的命令沒有人表示異議，抬起地上業已死去的蕭芒，迅速離開。偌大的房間內頓時變得空空蕩蕩，任天駿仍然坐在那裡，雖然他很想表現出居高臨下的強勢，但是他的身體狀況無法支持他這樣去做。

風九青仍然站在他的面前，淵如山嶽，氣勢逼人。

任天駿道：「請坐！」在經歷了剛才的侮辱之後，他居然用上了一個請字，並不是因為他的涵養夠深，而是因為他的心底深處已經感覺到了恐懼。

風九青沒有坐，輕聲道：「和羅獵作對，你只有死路一條。」

任天駿警惕地望著風九青：「你……你是為他來的？」

風九青搖了搖頭道：「他是我的敵人。」

任天駿暗自鬆了口氣，敵人的敵人縱然不是自己的朋友，也稱得上是統一戰線，他試探道：「如此說來咱們還算是目標一致。」

風九青道：「我能治好你，還會幫你對付羅獵，不過你要聽從我的命令。」

任天駿道：「我不瞭解你。」

風九青微笑道：「你無需瞭解，只需相信，如果你信我，我幫你，如果你不信，下個月的今天就是你的忌日。」

向來孤傲的任天駿心中第一次產生了命運無法主宰，自己只能任人宰割的悲哀想法，他苦笑道：「我信或不信已經無關緊要了，到了這步田地，我還有其他的選擇嗎？」

羅獵被抓的消息很快傳到了婺源老營，任天駿的病情最近這幾天突然開始好轉，他甚至已經開始了每天的例行巡視，從風九青為自己解毒開始，任天駿認為事情開始好轉了，不但是自己的身體開始恢復，而且海連天居然抓住了羅獵。

風九青的提醒讓任天駿對羅獵被俘的事多了幾分防備，海連天雖然厲害，可羅獵的實力也不同凡響，怎麼會那麼容易被他抓住？任天駿做好了最壞的準備。

在海連天一行抵達婺源老營之後，馬上有人過來交接，將羅獵和張長弓兩人直接押入監獄。

海連天一行準備論功行賞之時，卻被另一撥軍人團團圍住，為首將領喝道：「放下武器！繳槍不殺！」

多年行走江湖的海連天第一時間就意識到出事了，很可能他和羅獵之間的秘密協議被人知道，他的手下中應該有人背叛了自己，海連天暗自後悔，自己不該親自送他們過來的。雖然他在此前就已經考慮過這種可能，但是在綜合權衡之後，海連天認為這種可能性只是微乎其微，於是他還是選擇親自前來，一是為了避免任天駿產生懷疑，二是便於和任天駿討價還價。

然而如意算盤打得雖然很好，可現實卻給了他狠狠一記耳光。

「我要見任將軍。」這是海連天被捕後的唯一要求。

任天駿答應和海連天會面，海連天本以為任天駿病得氣息奄奄，可看到面前精神抖擻的任天駿，方才意識到許多消息都是耳聽為虛，這麼簡單的道理自己早就應該明白，所謂生了急病，很可能只是任天駿在故布迷陣罷了。

海連天道：「任將軍什麼意思？」

任天駿揮了揮手，示意押解海連天的手下放開了手，卻並沒有請海連天坐下，微笑道：「海大掌櫃能給我解釋一下，你是如何抓住羅獵的？」

海連天哈哈大笑起來：「任將軍是在懷疑我嘍？」

任天駿微笑不語。

海連天道：「在徽州羅獵主動找上了我，說要跟我合作，裝出被俘讓我送他前來婺源老營。」他畢竟是一隻老狐狸，見風使舵乃是他之所長，看到形勢不對，馬上就換了一個說法，既然能夠和羅獵合作，看到自己處境不妙，同樣可以毫不猶豫地將羅獵出賣。

任天駿道：「如此說來，海大掌櫃是將計就計？」

海連天道：「我說任將軍也未必肯信。」

任天駿道：「你不說又怎麼知道我不會相信？只是你既然存了這樣的念頭，為何不提前派人告訴我？」

海連天道：「羅獵為人謹慎，我擔心被他看出破綻，更何況我的那群手下良莠不齊，或許有人會提前走露風聲。」

任天駿暗罵海連天狡猾，按照他的說法在這件事上他非但沒有責任，反而有功，任天駿點了點頭道：「看來海大掌櫃對手下也不信任啊。」

海連天道：「任將軍對我好像也欠缺信任。」

任天駿道：「我一直都信任海大掌櫃，既然說清了事情的來龍去脈，你我之間也就不存在任何的誤會了，冒犯之處還望海大掌櫃多多見諒。」

海連天道：「如此說來，我可以走了？」

任天駿點了點頭道：「請便！」

海連天道：「我的那些手下？」

任天駿道：「我會讓人放了。」

海連天轉身走了兩步，又回過身來：「我記得黃浦于家有一筆賞金……」

任天駿笑瞇瞇望著海連天道：「大掌櫃還惦記著那十萬大洋呢。」

海連天也笑道：「十萬大洋在將軍眼裡或許算不上什麼，可是對我們這些在風口浪尖討生活的人來說卻是一筆不菲的財富。」

任天駿道：「沒問題，等羅獵的事情塵埃落定，這筆錢我會幫你搞定。」

「多謝！」

海連天準備離開時，任天駿卻又將他叫住：「對了，我記得你有個女兒？」

海連天內心一震，任天駿做事向來周密，不會無緣無故提及到自己的女兒，他警惕地望著任天駿道：「任將軍有什麼事？」

任天駿道：「自從見過明珠之後，我對她念念不忘，不知小侄可否高攀得起？」

海連天唇角肌肉抽動了一下，哈哈大笑起來：「任將軍在跟我開玩笑？」

任天駿臉上的笑容卻倏然消失：「我的樣子像開玩笑嗎？」

海連天和任天駿對視了足足十秒鐘的時間，他一字一句道：「據我所知，任將軍是有夫人的，我雖然不是什麼名門望族，可我女兒也不會給人做小，任將軍的好意我心領了，海某高攀不起。」海連天清楚任天駿真正的目的，他是想要通過這樣一種方式將自己牢牢捆綁在他的船上，如果讓他的目的達成，以後自己就會投鼠忌器，再也不敢生出貳心。

任天駿道：「可我聽說海明珠不是你的親生女兒。」

海連天的雙目中迸射出難以遏制的怒火，不過他並未爆發，此時發火並無任何的意義，他也清楚自己的處境，如果激怒了任天駿，後果不堪設想。海連天道：「我是她爹！」是不是親生無所謂，自己將她從小養大是任何人無法否定的事實。

任天駿微笑道：「不是親爹！」

海連天再也不願將談話繼續下去，轉身向外面走去。

任天駿沒有阻攔，望著海連天的背影，臉上的表情陰森且可怖，等到海連天離去之後，他低聲道：「你都聽到了？」

屏風後一人緩步走了出來，腳步顯得極其沉重，此人卻是失蹤多日的老安。

老安點了點頭，剛才發生的一切他全都聽得清清楚楚，可是他的內心中並沒有感覺到任何報復後的快感，反而越發沉重起來，在任天駿提出要和海明珠結親的時候，他的內心也同樣充滿了憤怒，他甚至認為海連天會答應。

海連天的拒絕是他所希望，也在他的意料之外，有一點老安能夠確定，海連天這個養父並沒有委屈他的女兒。

任天駿道：「我給你一個復仇的機會。」

羅獵和張長弓被押入地牢，以他們兩人的實力，這座地牢自然困不住他們，不過現在為時過早，還未到他們選擇脫困的時候。

羅獵抬頭望著上方，陽光透過地牢上方的鐵柵欄直射在他們的身上，身在地牢之中，可以聽到上方的腳步聲，羅獵從腳步聲不難判斷，外面負責巡視駐守的士兵不下二十人，這還不包括周圍的一座崗樓，只要兩人有任何異動，崗樓上的警衛都會在第一時間發現。

張長弓道：「到時候我先衝出去。」他剛才觀察過周圍的環境，意識到想在敵人毫無覺察的狀況下脫困幾乎是不可能的。他擁有自我痊癒的能力，可以吸引對方的火力。

羅獵搖了搖頭道：「我總覺得今天有些不對。」

「哪裡不對？」

羅獵道：「太順利了。」

張長弓道：「你擔心咱們的計畫被他們識破了？」

羅獵點了點頭。

張長弓道：「就算識破也不怕，他們還攔不住咱們。」

這會兒功夫太陽已經偏斜，陰影籠罩了地牢，羅獵在暗處坐了下來，地面有些潮濕，他閉上雙目準備趁著這會兒功夫略作休息。

張長弓道：「那老狐狸會不會出賣咱們？」

羅獵笑了起來：「不排除這個可能，不過咱們的目的就是讓他把咱們帶到這裡，至少第一個目的已經實現了。」

張長弓道：「不入虎穴焉得虎子，只是不知洪家爺孫倆是否在這個地方？」

羅獵道：「好好休息一下，這一仗絕不輕鬆。」

整個下午都沒有人過來打擾他們，張長弓每隔一段時間都會傾聽外面的動靜，根據腳步聲說話聲，來判斷上面的狀況，羅獵自始至終都保持盤膝靜坐的狀態，他的意識在無聲無息中向周圍蔓延，在他的腦海中可以清晰反應出外面的狀況，並根據這些狀況在他的腦海中形成一幅地圖。

日落月升，夜晚在不知不覺中到來，羅獵終於睜開了雙目，他向一直等待的張長弓點了點頭，張長弓掙脫繩索，而後伸出左臂，右手壓住左臂的肌肉，一個雪亮的刀尖從內而外刺破他左臂的肌肉和皮膚透露出來。

鮮血沿著刀口不斷滲出，張長弓在他的左臂內藏著一柄小小的飛刀，這飛刀形狀非常的奇怪，宛如梭形，薄如蟬翼，兩端都有鋒芒，這是羅獵事先安排。

張長弓在他們前來婺源老營之前就將這柄飛刀藏入左臂，憑藉著強大的自癒能力，很快傷口就癒合，這樣可以躲過最嚴密的搜身，張長弓雖然知道羅獵想要利用這柄飛刀斬殺敵人，可是也需要等到他們先脫離地牢爬到上面再說。

張長弓將染血的飛刀遞給了羅獵，低聲道：「我先上去掩護你。」

羅獵搖了搖頭，右手的指尖托住飛刀的中點處，飛刀找到了平衡，紋絲不動地停滯在那裡，倏然，飛刀宛如蝴蝶翅膀般顫動了一下，然後自羅獵的指尖緩緩升騰而起。

張長弓目瞪口呆地望著眼前的情景，他知道羅獵正以自身的意識驅動這柄飛刀，雖然張長弓和羅獵交情匪淺，也並不知道羅獵已經擁有了如此強大的能力，他終於明白羅獵因何表現出如此的信心。

飛刀緩緩升騰，從鐵柵欄的縫隙中飛出，在地牢的周邊，一支十人小隊駐紮堅守，飛刀並未將其中的任何一人鎖定為目標，而是繼續向上升騰。崗樓上的探照燈光照射在地牢的位置，將地牢內照得一片雪亮，儘管如此，仍然沒有人關注到這悄然飛起的小刀。

飛刀如同長了一雙眼睛停滯在崗樓的高度，而後以驚人速度向崗樓內飛去，在崗樓上負責值守的四名衛兵還未做出反應就被這鋒利的飛刀先後刺穿了咽喉。乾脆俐落地剷除崗樓上的四名衛兵之後，飛刀在空中繞出一道弧線，割斷了探照燈的線纜，探照燈頓時熄滅。

地牢周圍陷入一片黑暗，負責巡視的士兵都意識到有狀況發生，可是他們無法確定是不是地牢內出了問題，以正常的思維判斷，兩個被關押在地牢內的俘虜是不可能做出這樣的行為的，所以他們首先想到的是有人過來救援。

士兵們將注意力集中在周圍，而那柄飛刀卻在夜色的掩護下以迅雷不及掩耳之勢在人群之中穿梭。

羅獵低聲道：「行動！」

早已蓄勢待發的張長弓宛如豹子一般沿著土牆攀爬而上，很快就來到洞口，以背部向上用力一撞，鐵鎖立時被他撞斷。張長弓成功衝出地牢，眼前情景讓他大吃一驚，周圍地上橫七豎八躺滿了屍體，羅獵竟然用一柄輕如柳葉的飛刀瞬間斬殺了二十餘名警衛，更難得的是在此過程中沒有人來得及開槍，甚至沒有人來得及發出一聲慘叫。這就避免招來更多的敵人，張長弓從地上撿起了兩把手槍。

羅獵則不慌不忙地攀援而上，他伸出手去，那柄飽飲敵人鮮血的飛刀緩緩飛臨他的掌心之上，而後慢慢停泊下去。

張長弓充滿欣賞地點了點頭，此時他忽然感覺到一種莫名的驚慌，抬起頭，看到崗樓上站著一個身穿黑裙的女子，那女子站在崗樓的邊緣，凌風而立，月光靜靜灑在她的身上，並未給她增添幾分風姿，卻彰顯出陰森和詭異。

羅獵比張長弓更早看到了那女子，這凌風而立站在崗樓之上的女子卻是風九青，也就是藤野晴子，在飛鷹堡一戰之後，羅獵和風九青達成了暫時的協定，彼此休戰，各走一邊，然而羅獵並未認為風九青肯就此放棄。

風九青在飛鷹堡佈局的目的不僅僅是藤野俊生，也是為了自己，她想要利用上次的機會將所有人一網打盡，並吞噬掉所有異能者的力量，然而風九青並沒有料到在她即將成功的最後關頭居然功敗垂成，她在吸取羅獵能量的時候，卻無意中將潛伏在羅獵體內慧心石的能量啟動，風九青非但沒有如願將羅獵的能量全都吸走，還險些栽了大跟頭。

來者不善善者不來，羅獵知道風九青在這裡出現絕非偶然，如果單單只是一個任天駿還好對付，如今風九青也在這裡現身，只怕會增加不少的困難。

羅獵微笑道：「人生何處不相逢。」

風九青道：「洪家人看來對你很重要。」

羅獵道：「誰敢傷害他們，就是我的仇人。」

風九青呵呵冷笑道：「羅獵啊羅獵，有件事我要告訴你，那老人已死了。」

羅獵內心劇震，在他心中老洪頭如同他的親爺爺一般，如果風九青的話當真屬實，那麼對羅獵而言必然是一個悲痛無比的消息，更何況羅獵將老人家這次的被劫歸咎於自己，他不止一次地想過，如果洪家爺孫有什麼三長兩短，自己這一生只怕都要活在內疚之中了。

張長弓大聲道：「別聽她的，這女人在騙你，故意擾亂你的心神。」

風九青道：「我從不騙人，張長弓，你還是擔心擔心你自己，有人正在前往刺殺海明珠的路上，你現在趕去還來得及。」她對每個人的心理都揣摩得非常透徹，知道用怎樣的方法可以擾亂對手的心神。

聽到海明珠可能遭遇刺殺，張長弓的內心難免泛起波瀾。

風九青道：「你現在趕去長山碼頭還來得及。」

羅獵向張長弓道：「你去！」憑著自己的直覺，羅獵認為風九青並沒有說謊，當然還有另外一個重要的原因，羅獵認為張長弓並沒有必要留在這裡，畢竟風九青是一個吞噬者，她可以吸走他們身上的異能，這件事在飛鷹堡之時就已經得到了證明。

張長弓低聲道：「我不會留下你一個人。」

風九青道：「你不走，我就殺了洪英子！」

張長弓和羅獵對望了一眼，羅獵又點了點頭，張長弓終於做出了離開的決定，他對羅獵的能力充滿了信心，在飛鷹堡羅獵能夠逼迫風九青撤離，粉碎她的陰謀，在這裡也是一樣。

張長弓離開之後，風九青從崗樓之上一躍而下，宛如一片飄零的落葉，悠悠蕩蕩落在羅獵的對面。

羅獵平靜望著風九青道：「這次又是你的圈套？」

風九青搖了搖頭道：「與我無關，我只不過是湊巧趕上了。」

羅獵才不相信她只是湊巧趕上，風九青的真正目的應是自己體內的能量。

兩人目光交匯，彼此都看出對方的戒備，風九青道：「不如我們談一個條件。」

羅獵道：「什麼條件？」

風九青道：「你跟我來。」

任天駿站在庭院之中，呆呆望著空中的那闕明月，若有所思。

一名部下走了進來，卻不敢打擾他，等到任天駿回頭方才敬禮道：「將軍！」

任天駿道：「發生了什麼事？」

「負責看護地牢的二十二名士兵全部遇害無一倖免，兩名犯人逃離了……」

任天駿皺了皺眉頭，卻沒有表現出太多的吃驚：「繼續講。」

「風九青出現了，不知她和羅獵談了什麼，兩人一起離去，應當是朝著北營的方向去了。」

任天駿點了點頭。

「將軍，要不要派兵追捕他們？」

任天駿搖了搖頭，歎了口氣道：「隨他們去吧！」

那名部下幾乎不能相信自己的耳朵，任天駿對羅獵恨之入骨，好不容易才將此人抓住，難道就這樣將他放了？

任天駿補充道：「傳令下去，任何人不要阻攔他們！」

任天駿的退讓絕不是因為羅獵，當庭院中又只剩下他一個，他盯住月亮的雙目竟然泛出了淚光，淚光也並非懦弱，而是因為他對自身命運的悲憫，直到今天他方才意識到在他所生存的這個世界上竟有人擁有如此強大的力量，一個人一旦失去主宰自己命運的能力，那麼這個人生存下去又有什麼意義？

老洪頭的屍體已經變冷，英子躺在囚室內，不知是死是活。

目睹眼前的一切，羅獵悲憤交加，他怒視風九青，無論誰造成了眼前的慘劇，他都會讓兇手血債血償。

風九青感受到來自於羅獵的強大殺氣，她的表情依然古井不波，淡然道：「洪英子還活著，這老爺子的死與我無關。」

羅獵道：「我要殺了任天駿。」他此刻心如刀割，不僅僅因為洪爺爺的死，更因為內心中的負疚。

風九青道：「殺了他你也不會好過，更何況我答應過他，我會保他不死。」

羅獵怒視風九青，沒有人可以阻止自己為洪爺爺復仇，就算是風九青，她膽敢阻止自己，自己也會跟她拚上個你死我活。

風九青道：「你終究只是一個凡人，改變不了什麼。」她的目光向老洪頭的屍體掃了一眼道：「害死他的罪魁禍首另有其人，有人只怕要因此後悔終生吧。」

羅獵的內心如同受到重重一擊，他知道風九青指的是什麼。

風九青話鋒一轉道：「如果我救活了他，你會不會答應我一件事？」

羅獵內心一震，不知風九青因何這樣說，難道她當真擁有起死回生的本事？

風九青道：「你答不答應？」

羅獵甚至沒有問風九青想要自己做的是什麼事情，就毫不猶豫地點了點頭道：「我答應你。」

風九青呵呵笑道：「果然是知恩圖報的漢子，你啊，要比你娘善良得多。」

羅獵從她的話中判斷出風九青應當認識自己的母親，如果不然她也不會得到指環，看來風九青很可能知道許多的秘密。

風九青走了過去，右手貼在老洪頭胸口，藍色的光芒從她的掌心綻放，羅獵站在一旁靜靜看著她的一舉一動，連呼吸都不敢大聲，生怕打擾了風九青救人。

羅獵並不相信真的能夠起死回生，除非老洪頭並沒有真正死去，既便如此，這世上能夠救回他老人家的也只有風九青，自己並無這樣的能力。

老洪頭的手指居然抖動了一下，羅獵的一顆心瞬間提到了嗓子眼，當他聽到老洪頭熟悉的咳嗽聲之時，一雙虎目頓時濕潤了。無論他承認與否，風九青挽救老洪頭的同時也挽救了自己，她有句話沒有說錯，如果老洪頭當真死了，自己將會因為這件事抱憾終生。

英子甦醒過來的時候發現自己坐在船上，她揉了揉雙目，聽到船頭說話的聲音，一個是羅獵，而另外一個竟然是自己的爺爺，英子以為自己聽錯，走出船艙，看到甲板上有兩人站在燈籠下，一人是羅獵，另外一個滿面笑容的慈祥老人分明就是自己業已死去的爺爺。

英子驚呼道：「爺爺！」她不顧一切地跑了過去，緊緊抱住爺爺的身軀。

老洪頭輕輕撫摸著她的頭頂，英子抬起頭，這樣近的距離讓她可以將爺爺看得更加清楚，她滿臉都是淚水，抽抽噎噎道：「爺爺……真的是您……您不是已經去世了……」

老洪頭呸了一聲道：「你這丫頭，居然咒我死，我好端端的，還沒有抱上重孫子，我怎麼捨得去死？」

英子喃喃道：「爺爺……我真的不是做夢……我真的不是在做夢？」

羅獵道：「英子姐，不是做夢，爺爺只是突發疾病昏過去了，還好我去得及時。」一眼看著爺孫兩人重逢，相擁而涕的場面，羅獵心中生出無限感慨，如果不是風九青，這場重逢的喜劇就不會發生，他同樣沒有忘記風九青的條件。

張長弓去長山碼頭並沒有見到海明珠，他方才意識到從頭到尾都是一個騙局，風九青只是故意支開自己罷了。回到和羅獵此前的約定地點，居然發現羅獵已經救回了洪家爺孫。

羅獵將護送洪家爺孫返回津門的任務交給了張長弓，他沒有一起回去，因為他答應了風九青。雖然風九青並未要求他做出承諾，可羅獵既然答應了她就不會食言，這是做人起碼的準則。

三天之後，羅獵抵達了應天，進入五月，氣溫一天天熱了起來，在秦淮河畔登上事先約好的畫舫。

甲板上一位學生裝扮的少女向他甜甜笑道：「羅先生嗎？」

羅獵點了點頭。

那少女指了指船艙內道：「已經等了你很長時間了。」

羅獵抬起手腕看了看時間，剛好是下午五點，看來風九青還是非常守時的。

少女挑開竹簾，羅獵走了進去，船艙內一人憑窗而坐，那人卻不是風九青，可也是羅獵的老相識，他的三叔宋昌金。

宋昌金看到羅獵進來，滿臉堆笑道：「大侄子，想不到會是我吧？哈哈哈……」他笑得暢快，可看到羅獵臉上沒有任何表情，壓根不給自己半點的回應頓時有些尷尬。停下笑聲，乾咳了兩聲道：「你這小子，幾天不見就跟我生分了。」

羅獵在他對面坐下，宋昌金為他倒了一杯茶，笑瞇瞇道：「血濃於水，我知道有些事做得對不起你，可我也是被逼無奈，你心胸開闊犯不著跟我一般計較。」

羅獵道：「風九青讓你來的？」

宋昌金道：「是啊，什麼都瞞不過你。」

羅獵端起面前的茶杯，品了口茶道：「雨花茶？」

宋昌金笑道：「厲害！」

羅獵道：「沒什麼厲害的，我說三叔啊，你要是真把我當成自家人，你就給我透個底兒，這風九青究竟是什麼人？」

宋昌金道：「你不是都知道了，她其實是藤野晴子。」

羅獵將茶杯緩緩放下，盯住宋昌金的雙目道：「她好像知道許多關於我娘的事情。」

宋昌金笑道：「這事兒我還真不清楚，今天我來見你，的確是受了她的委託，她說你答應了要為她做一件事。」

羅獵點了點頭：「有這回事。」

宋昌金道：「三個月後，她在西海等你。」

羅獵皺了皺眉頭。

宋昌金道：「就是青海，當地人稱之為措溫布。」

羅獵並不需要他為自己普及這方面的知識，心中暗自盤算，從這裡到西海至少有三千多里，路途漫漫不說，這途中道路複雜，翻山越嶺，風九青沒有選擇就近相見，而是選擇去這個遙遠的地方，十有八九和她想要自己去做的事情有關。

羅獵道：「為什麼她不和我一起去？」

宋昌金笑道：「女人的想法很難猜透，不過她全都做好了安排。」

羅獵向宋昌金道：「她安排你陪我去？」

宋昌金點了點頭道：「聰明，我就知道瞞不過你。」

羅獵道：「何時啟程？」

宋昌金道：「下個月中旬，根據安排，咱們可以參加一個聯合考古隊。」說到這裡他停頓了一下，不無驕傲地說道：「我受聘這個考古隊擔任嚮導，你是我侄子，也是我的助手。」

羅獵道：「考古隊都有什麼人？」距離下個月中旬還有一個月的時間，這段時間應當是用來準備。

宋昌金神神秘秘一笑道：「到時候你就知道了。」

羅獵心中一動，宋昌金的表情滿懷深意，難道這考古隊中還有自己熟識的人在？他向前探了探身子道：「其實我可以單獨前往。」

宋昌金搖了搖頭道：「風九青說了，你必須隨同考古隊一起前往，絕不可以單獨行動。」

羅獵道：「非得要一步一步走過去？」

宋昌金笑道：「她答應你可以組織自己的隊員，如果你願意，你可以邀請你的朋友加入這次行動。」

羅獵道：「我沒有朋友。」他並非沒有朋友，而是不想拖累朋友，洪家爺孫的事情給了他一個警示，他不可以因自己的事情而牽累周圍的朋友，他希望所有人都能夠平安幸福的生活。

宋昌金滿臉的懷疑，砸吧了一下嘴唇道：「知不知道我最羨慕你什麼？」

羅獵沒有回答，只是靜靜看著他。

宋昌金道：「你有一幫願意為你出生入死的朋友，而我沒有，一個都沒有。」說這句話的時候他的語氣帶著惋惜。

羅獵道：「將心比心，一個活在欺騙和偽裝中的人其實並不需要朋友。」

宋昌金不以為恥反以為榮，嘿嘿笑道：「還好我有你這個親侄子。」

羅獵道：「你再害我一次，不排除我大義滅親的可能。」

宋昌金此時方才從懷中掏出一封信，放在桌上，用一根手指輕輕推到羅獵的面前。

羅獵拿起那封信，可以看到信封上的火漆完好，並沒有被人拆啟的痕跡，他這才當著宋昌金的面打開了信封，取出那封信，信上並沒有任何的字跡，只是繪製了九尊形狀各異的鼎。

羅獵在第一時間內就判斷出畫面上應當是中華九鼎，因為父親此前曾經告訴他關於九鼎的故事，所以羅獵對此一直都格外留意。他本以為這是只有自己才知道的最大秘密，卻想不到這世上還會有人知道，風九青必然知道一些內情，否則她不會將這東西給自己。

宋昌金一直在留意羅獵的表情變化，以他對羅獵的瞭解，認為這小子是泰山崩於前而不動聲色的人物，可羅獵在看到這封信後他的表情明顯有了變化，這就讓宋昌金感到越發的好奇，這信中究竟是怎樣的內容方才能夠讓這小子動容，宋昌金本想發問。

羅獵卻將那封信輕輕放在了桌面上，宋昌金的目光定格在信紙上，他在觀察羅獵的同時，羅獵也在觀察著他。

宋昌金看到這封信之後表情變化並不大，雖然他也一眼就認出這畫面上的九只銅鼎就是中華九鼎，可他並不認為這玩意兒有什麼稀奇，宋昌金道：「中華九鼎，難道她想讓你幫她去找這東西？」

羅獵道：「有這種可能。」

宋昌金道：「九鼎當真存在嗎？」

羅獵點了點頭道：「我認為應當存在。」

宋昌金歎了口氣。

羅獵道：「我有件事始終不明白，你為何會死心塌地的幫她做事？」

宋昌金道：「我也不明白，你跟她不是勢不兩立嗎？為何突然轉變了念頭，會為她做事？」

這段時間羅獵一直都待在應天，他並未將自己的行蹤告訴任何人，包括張長弓在內。在等待行動的日子，羅獵養成了每天前往圖書館的習慣，在圖書館中搜尋關於九鼎的資料，結合父親植入他體內的記憶，不斷完善關於九鼎的一切。

根據父親當初所說，包括父母在內的七人小隊穿越時空回到過去的目的是為了摧毀九鼎，避免一場未來人類的劫難，可是期間出現了偏差，所以他們才會來到二十世紀初，來到當今的時代。

羅獵在閱讀和思考中產生了一個想法，是不是這支隊伍在穿越時空的那刻起就已經改變了歷史，他們及現在的自己所經歷的一切已經偏離了歷史的軌跡？

羅獵合上書本，有些疲倦的閉上了眼睛，六月的天氣格外悶熱，他用右手的食指和拇指揉捏著鼻樑，通過這樣的動作來舒緩自己的神經。

一串輕盈且充滿節奏的腳步聲在他的身後響起，腳步聲很快越過了他，又繞到他的對面，羅獵聽到對面桌椅的響動，應當是有人坐在了他的對面，空氣中傳來淡雅的香氣，這香氣有些熟悉，又有些陌生。

一個帶著些許漠然的女聲響起：「好久不見？」

羅獵已經從聲音中聽出了對方是誰，唇角露出一絲禮貌的微笑：「麻雀！」叫出這個熟悉的名字，然後才睜開了雙目，眼前的所見證實了他的判斷。

麻雀剪了短髮，男孩一樣的短髮，分別的時光還不足以改變她的容顏，只是她的氣質卻從昔日的開朗明豔變成了理性且冷漠。她穿著黑色中山裝，同色西褲，平底黑色皮鞋擦拭得一塵不染，這身中性十足的裝扮讓羅獵不由得想起他們初次見面的時候。

只是今天麻雀並沒有易容，她隨手拿起羅獵面前的書，看了看封面，輕聲道：「想不到你現在對考古也有興趣了。」

羅獵道：「隨便看看，閑著也是閑著。」

麻雀明澈的雙目盯住羅獵，羅獵從她的目光中還是看出了一些微妙的變化，她的目光不再像過去那般清澈如水，其中蘊藏著戒備和懷疑，這讓羅獵意識到他們之間因為時間和空間的距離產生了不小的隔閡。

麻雀道：「還是不喜歡說實話？」

羅獵笑了笑沒有說話。

麻雀道：「我聽說顏天心的事情了。」

羅獵臉上笑容消失了，他並不喜歡別人提起這件事，即便是麻雀也不例外。

麻雀道：「節哀順變。」

羅獵點了點頭，輕聲道：「我發現自己是個不祥之人，總會給身邊的人帶來不幸。」

麻雀不置可否地笑了笑道：「是在警告我嗎？」她將那本書放回羅獵的身邊：「你放心，對你這樣人，我會選擇迴避的。」她的這句話透著矛盾，如果選擇迴避，又為何主動現身相見？

羅獵道：「如此說來咱們真是偶遇了？」他明明知道不可能是。

麻雀咬了咬櫻唇道：「你相信這世上果然有那麼巧的事情？」

羅獵本想說緣分的事情都很難說，可話到唇邊又咽了回去，他早就明白麻雀對自己的感情，當初是父親提出了建議，他利用蘭喜妹氣走了麻雀，麻雀內心受傷之後選擇前往歐洲留學，時過境遷，現在的重逢彼此都已經有了不小的變化，羅獵不知道麻雀對自己的那份感情是否也發生了改變，可對他而言，他的內心深處早已深深銘刻了顏天心的名字，這一生只怕也無法將她忘記。

麻雀當然是有備而來，在她來見羅獵之前已經做足了心理準備，她認為自己再次見到他的時候完全可以做到心如止水，然而真正見到羅獵之時內心仍然泛起波瀾。

麻雀道：「你是不是準備去西海？」

羅獵在麻雀現身之後已經猜到她的出現應當和這件事有關，現在看來果然沒有猜錯，羅獵點了點頭。

麻雀道：「這支考古隊由我負責，我一早就想請你加入，只是沒有考慮好如何說服你，想不到你居然主動肯來。」

羅獵暗忖，可不是主動，如果不是欠了風九青那麼大的人情，自己或許不會加入這次的考古，不過他很快又否定了這一點，即便沒有風九青的事情，如果他知道此行涉及到九鼎的秘密也一定會去，畢竟九鼎之事乃是父母的使命，如果自己對此無動於衷，那麼九泉之下的父母也會抱憾。

羅獵道：「沒想到你是這次考古的組織者。」

麻雀道：「我爹生前一直從事中華九鼎的研究，你應當清楚的。」

羅獵點了點頭，這一點他早就知道，麻雀組建這支考古隊的初衷應當是為了完成麻博軒的遺願，畢竟她父親生前最大的願望就是揭開中華九鼎之謎。羅獵道：「如此說來，西海可能有中華九鼎存在了？」

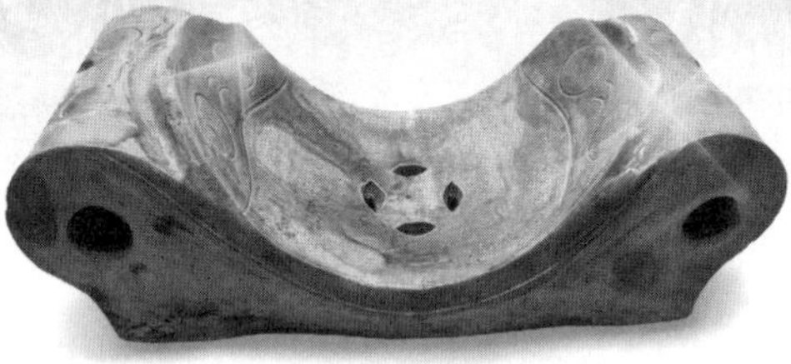

第十章

昔日的感覺

自從昨日在國立圖書館見過羅獵之後，
麻雀就不斷回憶起過去，記憶中都是羅獵對她的各種好，
麻雀意識到遠赴歐洲遊學並沒有讓她將羅獵遺忘，
在她和羅獵重逢的那一刻昔日所有的感覺重新回來了。

麻雀淡淡笑了笑，並沒有回應羅獵的話，其實她也沒有回應的必要，以羅獵的智慧不難猜出此行的目的，否則他又怎會獨自一人來到這個地方做功課？麻雀道：「還記得沈叔叔嗎？」

羅獵點了點頭，他當然不會忘，麻雀口中的沈叔叔就是自己的生身父親。

麻雀道：「自從他安排我去歐洲留學，我就失去了他的消息，你後來有沒有見過他？」

想起父親昔日的音容笑貌，羅獵不僅一陣心痛，不過他並未在麻雀面前表現出任何的異常，裝出迷惘的樣子：「你這麼一說我也有很久沒見過他了，我和沈先生不熟，還是通過你認識的。」

麻雀道：「他很欣賞你的。」話鋒一轉又道：「其實欣賞你的人很多。」

羅獵道：「以沈先生的能力應當不會有什麼事情。」

麻雀道：「也許吧，他經常就這個樣子，悄悄就走了，說不定什麼時候又會突然出現。」

羅獵並不想在這個問題上繼續停留下去，抬起手腕看了看時間，發現已經是中午了，主動邀約道：「我請你吃飯。」

麻雀卻搖了搖頭，謝絕道：「不了，我已經約了人。」她起身準備離開。

羅獵道：「我送你！」

麻雀猶豫了一下，終於還是點了點頭。

兩人來到了圖書館外，剛剛走下台階，就看到一輛黑色的轎車行駛過來，在他們的面前停下，麻雀停下腳步望著那輛車，車門打開，從裡面走出了一位身材高大金髮碧眼的異國男子，他身穿灰藍色西裝，氣宇軒昂，向麻雀笑道：「麻雀，我的小公主，我沒有遲到吧？」

麻雀笑了笑，目光轉向羅獵，羅獵的表情坦然平靜，這並不是麻雀期待的反應。

那男子大步來到兩人的面前，他向羅獵看了看道：「這位是……」

麻雀介紹道：「這位就是我跟你提過的朋友，羅獵！羅獵，他是我在歐洲遊學時認識的朋友，羅伯特・肖恩。」

羅獵聽到這個名字有些熟悉，回憶了一下，應當是上次蘭喜妹給他看照片的時候提起，她特地提醒過羅伯特・肖恩是一位歐洲某國的侯爵，年少英俊多金，麻雀的考古活動就是他在背後支持。

羅獵笑著主動伸出手去：「侯爵你好！」

羅伯特・肖恩聽到羅獵叫出他的爵位，頗感吃驚，他和羅獵握了握手道：

「羅先生好，叫我肖恩！」

麻雀向羅獵露出矜持而不失禮貌的微笑：「我該走了，下次再一起吃飯。」

羅獵點了點頭。

麻雀上了汽車，肖恩向羅獵道別之後驅車離開，駛出一段距離，麻雀忍不住透過觀後鏡望去，看到羅獵仍然站在原來的位置凝望著他們。她咬了咬下唇，雙手握在一起。

麻雀的這些細節動作並沒有瞞過肖恩的眼睛，肖恩道：「他就是羅獵，你需要的幫手？」

麻雀道：「我本以為他不會來。」

肖恩道：「你那麼美，任何男人都不會拒絕你的邀請。」

麻雀皺了皺眉頭，不悅的表情讓肖恩慌忙改口道：「我沒有其他的意思。」

麻雀道：「你在前面路口停車。」

「不是說好了去吃飯……」

「我沒心情了！」

羅獵回到自己的住處，這臨時的住處位於國立圖書館附近，來到門前卻發現早有人在門前等著，正是宋昌金。說起來這老狐狸也有幾日不見了，看到羅獵回來，宋昌金馬上一臉的笑，揚起手中剛買來的小菜道：「過來找你喝兩杯。」

羅獵知道他無事不登三寶殿，開了門鎖，將他請了進去。

宋昌金來過這裡一次，對羅獵的這間小屋還算熟悉，馬上走到廚房裡，找了盤子，將買來的菜裝盤，在廚房內大聲道：「大侄子，有酒沒？」

羅獵道：「有！」他拉開酒櫃，拿出一瓶汾酒。

宋昌金將裝好盤的小菜送上了桌，笑道：「鹽水鴨，絕對正宗。」

羅獵打開酒瓶，拿了兩個酒碗，分別倒滿了，總覺得宋昌金的突然出現和麻雀的事情有關。兩人相對而坐，碰了碰酒碗，喝了小半碗酒，吃了幾口菜。

宋昌金道：「時局動盪，聽說最近有不少人正在忙著復辟，你說這大清會不會氣數未盡，還要捲土重來？」

羅獵搖了搖頭道：「不會！」

宋昌金道：「你怎麼知道不會？」

羅獵笑了笑沒有回答他的問題，自己知道，父親在自己的體內種下了智慧種子，智慧種子裡面蘊含著許多的記憶和未來的知識，羅獵雖然無法徹底將其中的東西吸收，可他對從現在開始百餘年的歷史已經清清楚楚，歷史的車輪滾滾向前，任何人任何勢力都無法阻擋歷史發展的腳步。

宋昌金道：「大侄子，你留過洋，見多識廣，照你說這外國的總統和中國的總統有什麼區別？誰的權利更大？當總統好還是當皇帝好？」

羅獵道：「我又沒當過，怎麼知道？」

宋昌金自問自答道：「照我看，還是當皇帝好，皇帝可以當一輩子，沒聽說哪國的總統能幹一輩子，皇帝能把寶座傳給子子孫孫，總統都是換屆換舉，再風光也就是在任的幾年，要不袁大頭也不會放著好好的總統不當瞎折騰，還是皇帝好啊，三宮六院，醉生夢死，日子過得舒坦。」

羅獵道：「別管是皇帝還是總統，自個兒日子過得舒坦了，老百姓就沒好日子過，真正把百姓當成子民的，都是先天下之憂而憂，後天下之樂而樂。」

宋昌金琢磨了一會兒，連連點頭道：「大侄子，聽你一席話，勝讀十年書，就衝著你剛剛這番話，當浮一大白。」他端起面前那碗酒，充滿豪氣一飲而盡。

羅獵道：「三叔，您今兒過來就是為了跟我說這些？」

宋昌金嘿嘿笑道：「喝酒只是其一，還有一件事，考古隊的組織者已經到了應天，邀請咱們明天去見面。」

羅獵端起面前酒碗喝了一口道：「我剛才已經見過了。」

這下輪到宋昌金感到驚奇了：「怎麼就見過了？誰啊？你見的是誰啊？」

羅獵道：「她叫麻雀，是我的一位朋友。」

宋昌金嘿嘿笑了起來：「朋友？女朋友吧？」

羅獵道：「你還真是為老不尊。」

宋昌金道：「這你可冤枉我了，我是想你好啊，如果這個什麼麻雀是你的相好，這一路上咱們的日子也過得舒服一些。」

羅獵正色道：「三叔，你我之間多少還算是有些瞭解的，你常說什麼血濃於水，這話只怕你自己都不相信。」

宋昌金的臉色變得尷尬起來，辯白道：「我怎麼不信。」

羅獵道：「我不知道你想要什麼？錢你應當不缺，憑你的本事，這些年也一定搜羅了不少的寶貝，憑著你的積累，安安生生過下半輩子應該不難。據我所知你也有家有口，放著好好的日子不過，還要出來一次又一次的冒險，圖什麼？」

宋昌金腦袋耷拉下去，臉上笑容也消失了，猶如突然間變成了霜打的茄子。

羅獵道：「藤野晴子這個人當真就這麼厲害？是不是她抓住了你的把柄？」

宋昌金歎了口氣，給自己斟滿了一碗酒，一飲而盡：「身不由己啊，大侄子，你這麼厲害，最後還不是得乖乖聽話，我又沒你的本事，能有什麼辦法？」

羅獵道：「藤野晴子我不瞭解，可她因何會對我娘的事情如此清楚？當年到底發生了什麼？你如果知道一些內情，可不可以告訴我。」

宋昌金搖了搖頭道：「不識廬山真面目，只緣身在此山中。我老了，眼睛都花了，又怎能看得清楚。」

宋昌金不肯說，羅獵也不勉強，有些事總有一天會水落石出，至於宋昌金他也未必能夠知悉風九青的全部計畫。羅獵決定順其自然，風九青既然想要自己加入到這次的行動中來，就有她的目的，風九青借用自己力量的原因只有一個，那就是以她個人的能力無法達成所願。

可以說風九青的力量在當世少有人及，就算龍玉公主沒有離去，風九青都有和她一戰的實力。而她選擇自己合作，無論出於怎樣的目的，都從側面證明這次任務之艱巨。

羅獵甚至認為這次前往西海最主要的人就是自己和風九青，其他人的加入並不重要，這就讓他不能不為麻雀的安危感到擔心，他一度產生過勸說麻雀打消念頭的想法，可是他又意識到麻雀不可能聽從自己的奉勸。

尋找中華九鼎原本就是麻博軒生前最大的願望，也是他傾其一生在研究的學術，身為他的女兒，麻雀必然會竭盡全力完成父親的遺願。

麻雀住在中華門附近的一座小樓內，羅獵隨同宋昌金在上午十點來到了這裡，在門前首先看到了肖恩的那輛汽車，看來他已經先行抵達這裡。

宋昌金敲了敲門，等了一會兒，門上的小窗被人拉開了，露出一張黃臉婆的面孔，那女人四十歲左右年紀，滿臉皺褶，嘴唇輕薄，眼神中充滿了敵視，惡狠狠望著外面道：「幹什麼？」

宋昌金陪著笑道：「這位大姐，我們事先約好和此間的主人相見。」

那中年女人重重將小窗關上，過了一會兒方才打開了房門。

宋昌金和羅獵對望一眼，兩人都露出苦笑，看來這中年婦人的脾氣不好。

羅獵問道：「請問麻小姐在嗎？」

中年女人怒懟道：「你沒有眼睛啊，不會自己去找？」

羅獵笑得頗為無奈，對於這種類型的中年悍婦，他向來敬而遠之。

遠處傳來麻雀的聲音：「黎媽，請客人上來吧。」

羅獵抬頭望去，卻見麻雀站在二層的長廊上，身穿灰色對襟長袍，居高臨下看著他們。

羅獵禮貌地點了點頭，算是打了個招呼。

宋昌金向黎媽笑道：「都跟你說了是你們主人邀請我過來的。」

黎嫣冷冷望著宋昌金道：「你怎麼看都不像好人。」

宋昌金道：「人不可貌相。」

麻雀已經先行來到二層的平台落座，這平台大概有二十多個平方，佈置得非常精緻，正中有一張長桌，左右各擺著六張椅子，周圍擺放著五顏六色的鮮花，競相吐豔，芬芳撲鼻。

麻雀邀請兩人坐下，又讓人上茶。

羅獵端起琺瑯瓷的茶杯，喝了口紅茶，他的位置剛好迎著陽光，光芒有些刺眼，麻雀安排他在這邊坐應當是有意為之。

宋昌金笑道：「你就是麻小姐啊，我聽羅獵說了，原來你們早就認識，都是老朋友了。」

麻雀狠狠瞪了羅獵一眼，羅獵聽出宋昌金分明有故意出賣自己的意思，他也不生氣，微笑道：「麻雀，這位是宋先生，我們也合作許多次了。」

麻雀道：「久仰大名，不過我們這次前往西海的目的是為了考古，可不是去幹什麼雞鳴狗盜的勾當。」

宋昌金聽她這樣說話，分明在影射自己，呵呵笑道：「考古我不懂，雞鳴狗盜的事情倒是做過不少，拿人錢財替人消災，有人出錢讓我來當嚮導，麻小姐若是嫌棄，大可另請高明。」他向羅獵道：「大侄子，咱們走！」

麻雀聽宋昌金對羅獵的稱呼不由得一怔，她離開國內已有相當長的一段時間，以她過去對羅獵的瞭解，羅獵除了那位相依為命的損友瞎子，可沒聽說他有其他的親戚，羅行木倒是他叔叔，可羅行木已經死了。

想起了羅行木就不由得想起他們前往長白山歷險的事情，麻雀雖然表面對羅獵冷淡，可她是個不記仇的人，更何況羅獵壓根就不是她的仇人，自從昨日在國立圖書館見過羅獵之後，麻雀就不斷回憶起過去，記憶中都是羅獵對她的各種好，麻雀意識到遠赴歐洲遊學並沒有讓她將羅獵遺忘，在她和羅獵重逢的那一刻昔日所有的感覺重新回來了。

麻雀拿起了桌上的一盒煙，遞給羅獵，羅獵抬手拒絕道：「我戒煙了。」

麻雀的目光充滿了詫異，在她的記憶中羅獵可是一個時時刻刻煙不離手的老煙鬼，他居然可以戒煙，看來一切還是改變了。麻雀從煙盒中抽出了一支香煙，在羅獵的注目下熟練地點燃，她抽了口煙，美眸充滿挑釁地望著羅獵。

羅獵的笑容如陽光一般溫暖：「長大了。」

麻雀皺了皺眉頭，她從這句話中感到的是諷刺，她將剛剛點燃的香煙摁滅在煙灰缸內：「我過去總是不明白為何有人會喜歡抽煙，所以就嘗試一下，想不到居然戒不掉了。」

宋昌金插話道：「這算什麼，想知道什麼叫戒不掉，你應當去抽大煙。」

他的話觸怒了麻雀，麻雀怒視宋昌金道：「要你多管？」

宋昌金嘿嘿笑道：「得，我算看明白了，敢情我在這兒就是多餘的，你們聊，我院子裡蹓躂蹓躂，你們敘敘舊情。」

麻雀恨不能抓起煙灰缸丟在他的腦袋上，這老狐狸分明在刺激自己，不過還算他有些眼色。

宋昌金向羅獵擠了擠眼睛，起身離去。

等他走遠之後，麻雀向羅獵道：「他是你叔？」

羅獵居然沒有隱瞞，點了點頭道：「是，三叔！」

麻雀切了一聲，充滿了不屑。

羅獵望著麻雀的眼睛，總覺得眼前的麻雀和過去有些不同。

麻雀道：「沒見你和蘭喜妹在一起啊？」

羅獵暗笑，看來麻雀仍然記掛著當年的事情，他輕聲道：「我這個人總會給身邊人帶來不幸，所以明智的人都會選擇敬而遠之。」

麻雀道：「我從小就不是一個聰明人，更談不上明智，你應該知道的。」

羅獵點了點頭：「說說你的計畫。」

麻雀道：「你還記得當年我曾經跟你說過關於九鼎的事情嗎？」

羅獵點了點頭：「記得！」

麻雀道：「根據我爸留下的筆記，結合過去他的研究資料，我有了一些發現，禹神碑和九鼎之間有著密不可分的聯繫。」

羅獵的表情平靜如昔，並沒有因為麻雀的發現而感到任何的驚奇，這讓麻雀感覺到他的興趣並不在此。

麻雀繼續道：「圓明園下地宮內所謂的冀州鼎其實也是一個假像，中華九鼎乃是國之重器，誰掌控了九鼎就能定鼎中原，所以如此重要的寶物，自然會做足防範措施，同樣從古到今，有無數帝王為了鞏固自身的統治，也根據傳說鑄造了不少屬於自己的九鼎。」

羅獵道：「你是說我們曾經見過的冀州鼎是假的？」

麻雀點了點頭。

羅獵想起在天廟遇到的雍州鼎，從其複雜的結構精密的構造來看應當不假，不過按照父親的說法，必須將九鼎全都毀掉方才能夠消除人類未來的隱患。父親他們毀掉了雍州鼎，在這件事上卻是羅獵百思不得其解之所在，如果說父親他們成功毀掉了雍州鼎，那麼在若干年後的未來，羅布泊乾涸之後，為何會有一只完好的雍州鼎出現？唯一的解釋就是父母和隊友在穿越時空的過程中進入了另一條歷史脈絡。如真如此，父親所告訴自己的歷史在這一條脈絡中或許不會發生。

如果真的如此，就算他能夠毀掉九鼎，在另外的時空脈絡中，九鼎仍然可能完好無損的存在，那麼他父輩的付出，他的努力又有什麼意義？

麻雀道：「半個月後我們就出發，如果一切順利，八月前就能抵達。」

羅獵道：「九鼎之一在西海？」

麻雀道：「很可能全都在西海。」

羅獵道：「就算找到了又有什麼意義，如果九鼎沉入了西海之下，你以為能夠將它們一個個拖上來嗎？」

麻雀道：「我只是想親眼見證一下祖先的文明，未必要改變什麼。」

羅獵望著麻雀：「這次考古你是組織者？」

麻雀點了點頭：「我負責組織，所有的經費都是肖恩贊助。」

羅獵道：「一個外國人對咱們中華的事情如此熱衷，要說他沒有目的我還真不相信。」

麻雀道：「肖恩跟你可不一樣！」

羅獵呵呵笑了起來。

麻雀向前探了探身，壓低聲音道：「你不喜歡他啊？」

羅獵道：「萍水相逢，談不上喜不喜歡。」

麻雀道：「我看得出來，你不喜歡他，你……是不是吃醋了？」

從麻雀的話中羅獵就能判斷出她是在故意利用肖恩來刺激自己，微微一笑道：「我只是擔心你被人利用。」

麻雀搖搖頭道：「我不再像過去那樣傻了，除了自己，我誰都不會相信。」

羅獵希望麻雀真的能像她自己所說的那樣，他似乎找回了那個熟悉的麻雀，心中暗暗下定決心，這次一定要保護好她，無論此行隱藏著怎樣的陰謀，他都不會讓麻雀受到傷害。

羅獵道：「需要我做什麼？」

麻雀道：「需要你的學識和經驗，其他的事情我們都安排好了。」

羅獵道：「也就是說，我現在需要做的就是等待出發？」

麻雀點了點頭：「對了，你為什麼不多請幾個幫手？」

「沒那個必要！」

羅獵真實的想法卻是因為整件事都是風九青策劃的陰謀，此行危機四伏，他不想將朋友們引入這個巨大的泥潭之中。

宋昌金一個人在院子裡閒逛，他意識到那中年婦女的注意力始終沒有離開自己，宋昌金忍不住停下腳步，望著黎媽道：「沒見過那麼英俊的男人？」

黎媽冷笑了一聲，將臉扭到了一邊。

剛好這會兒羅獵也走了下來，宋昌金迎上去問道：「談得怎樣？」

羅獵道：「沒談什麼。」他沒有停下來說話的意思，繼續向外走去，宋昌金只能緊跟他的步伐。

來到門外，正看到肖恩拎著公事包向這邊走來，羅獵朝肖恩笑了笑，算是打了個招呼。肖恩道：「羅先生，這麼快就走？」

羅獵道：「還有些其他的事情要辦。」

肖恩道：「羅先生去什麼地方，我送你。」

羅獵搖了搖頭道：「沒必要，我走過去。」

肖恩仍然攔住了羅獵的去路，灰綠色的雙目盯著羅獵道：「我有些話想跟羅先生說。」

羅獵向一旁的宋昌金看了看，宋昌金道：「得，我先走，你們聊。」

肖恩走過去拉開了車門：「羅先生，我送你。」

羅獵只好上車將自己的住處告訴肖恩。

肖恩啟動汽車緩緩向羅獵的住處駛去，羅獵透過車窗看著外面不斷流逝的風景，他知道肖恩一定有話跟他說。

肖恩一邊開車一邊道：「羅先生，我早就聽說過你。」

羅獵笑道：「想不到我在歐洲也有些名氣。」

肖恩呵呵笑了起來：「麻雀提起過你，她很崇拜你。」

羅獵道：「我們是好朋友，朋友之間談不上崇拜。」

肖恩道：「按照我的經驗，女人對男人的崇拜多半源自於愛慕，她喜歡你，我看得出來。」

羅獵沒有說話，他沒有和陌生人探討感情的必要。

肖恩道：「我調查過你，你的底我很清楚。」

羅獵道：「能讓侯爵感興趣是我的榮幸。」

「也許是不幸呢？我聽說你在黃浦出了事，現在還有人重金懸賞通緝你。」

肖恩透過後視鏡看著鏡中的羅獵。

羅獵的表情風波不驚，他並沒有把肖恩看在眼裡，就算肖恩對自己抱有敵意，他也不會在意，因為肖恩還不夠資格成為自己的對手。

肖恩道：「我喜歡麻雀，所以你最好離她遠一些。」

羅獵道：「我可以把你的話理解為警告嗎？」

肖恩道：「這次的考古全程都是我贊助，我也會陪同你們一起前往西海。」

羅獵道：「我雖然不清楚你的目的，可有一點我能夠斷定，你跟著一起過去可不是什麼明智的決定。我可以保護麻雀，可我騰不出手來保護你。」

肖恩哈哈大笑起來：「你的話真是好笑，羅先生，我佩服你的狂妄，我不需要任何人的保護，我可以在任何嚴苛艱苦的環境下生存下去。」

羅獵已經看到了自己的住處，他示意肖恩停車，推開車門跳了下去，禮貌地向他揮了揮手：「我欣賞你的自信，可我仍然希望你好好考慮自己的決定，探險精神值得鼓勵，可為了冒險而犧牲性命就不值得了。」

肖恩望著眼前這個狂妄的傢伙，恨不能現在就用自己的拳頭狠狠教訓他一頓，可他很快又打消了這個念頭，不久以後的途中，有的是機會，只是他明白，眼前的這位年輕男子，必然成為自己愛情道路上的絆腳石。

肖恩離開之前提醒羅獵道：「做好你的本分，你只是一個嚮導。」

請續看《替天行盜》第二輯卷一　大起大落

替天行盜 卷16 鬥古城 第一輯完

作者：石章魚
發行人：陳曉林
出版所：風雲時代出版股份有限公司
地址：10576台北市民生東路五段178號7樓之3
電話：(02) 2756-0949
傳真：(02) 2765-3799
執行主編：劉宇青
美術設計：許惠芳
行銷企劃：林安莉
業務總監：張瑋鳳

初版日期：2022年2月
版權授權：閱文集團
ISBN ：978-626-7025-16-1
風雲書網：http://www.eastbooks.com.tw
官方部落格：http://eastbooks.pixnet.net/blog
Facebook：http://www.facebook.com/h7560949
E-mail：h7560949@ms15.hinet.net
劃撥帳號：12043291
戶名：風雲時代出版股份有限公司

風雲發行所：33373桃園市龜山區公西村2鄰復興街304巷96號
電話：(03) 318-1378
傳真：(03) 318-1378
法律顧問：永然法律事務所 李永然律師
北辰著作權事務所 蕭雄淋律師

行政院新聞局局版台業字第3595號 營利事業統一編號22759935

國家圖書館出版品預行編目資料

替天行盜 ／石章魚 著. -- 臺北市：風雲時代出版股份有限公司，2021.07- 冊；公分

ISBN 978-626-7025-16-1（第16冊；平裝）

857.7 110003703